# AUTOPORTRAIT
# EN NOIR ET BLANC

DU MÊME AUTEUR

UNE SOUDAINE LIBERTÉ. *Identités noires et cultures urbaines*, Grasset, 2019.

THOMAS CHATTERTON WILLIAMS

# AUTOPORTRAIT EN NOIR ET BLANC

*Désapprendre l'idée de race*

*Traduit de l'anglais (États-Unis)*
*par* COLIN REINGEWIRTZ

BERNARD GRASSET
PARIS

*L'édition originale de cet ouvrage a été publiée en 2019 par W. W. Norton & Company sous le titre :*

SELF-PORTRAIT IN BLACK AND WHITE:
UNLEARNING RACE

Photo de la couverture : JF Paga.

ISBN 978-2-246-82558-6

*Pour Marlow et Saul,*
*qui m'ont appris à voir différemment.*

« Ce qu'il fallait, c'était s'accrocher aux choses qui importaient. L'homme mort importait, la nouvelle vie importait ; noirceur et blancheur n'importaient pas ; croire qu'elles importaient, c'était dire oui à sa propre destruction. »

James BALDWIN, *Chroniques d'un enfant du pays*
(Gallimard, 2019, traduit par Marie Darrieussecq)

« Pourquoi perdre du temps à créer une conscience pour une chose qui n'existe pas ? Car, voyez-vous, le sang et la peau ne pensent pas ! »

Ralph ELLISON, *Homme invisible, pour qui chantes-tu ?*
(Grasset, 1969, traduit par Magali et Robert Merle)

# NOTE DE L'AUTEUR

Tout au long de cet ouvrage, je me suis efforcé de remettre en question, voire de rejeter, les termes tels que « blanc », « noir », « métis », « race », « biracial », « asiatique », « latino », « monoracial »… ainsi que tous leurs synonymes. Je les ai fréquemment placés entre guillemets. Toutefois, par souci de clarté, j'ai parfois dû m'en remettre aux conventions descriptives du langage. J'ai alors identifié les individus de la manière dont ils sont généralement perçus. Si j'emploie ces termes sans guillemets – si je mentionne par exemple un camarade noir ou un policier blanc –, c'est parce que ces gens-là se définissent ainsi, ou qu'on les définit comme tels. Cela ne signifie pas pour autant que j'estime ces mots utiles, justes ou adéquats.

J'ai également changé les noms et certains détails dans la description de plusieurs personnes qui ignoraient avoir affaire à un biographe au moment de notre entretien.

# PROLOGUE

Un soir d'octobre 2013, après un dîner tardif avec des amis américains de passage à Paris, ma femme a perdu les eaux. Dans une grisante euphorie, Valentine et moi avons réveillé Steve, le petit ami de sa sœur, comme prévu depuis des semaines. Il nous a alors vaillamment conduits de notre appartement du 9e arrondissement jusqu'à la *maternité**[1], à l'extrémité sud de la ville. Il était deux heures du matin et nous avions quasiment la route pour nous tout seuls. Le chemin qu'il emprunta était d'une incroyable beauté : d'abord jusqu'en bas de la butte, le long de l'opéra doré au cuivre verdi, puis à travers la cour somptueuse du Louvre, avec sa pyramide de verre et ses jardins soignés ; au-dessus de la Seine, avec Notre-Dame se dressant au loin d'un côté et, de l'autre, la tour Eiffel scintillante et le Grand Palais ; le long des boulevards Saint-Germain et Raspail, larges et arborés,

1. Les mots en italique suivis d'un astérisque sont en français dans le texte (*NdT*).

jusqu'à Montparnasse, entre les néons des cafés tout droit sortis de *Paris est une fête*. Je n'ai pas toujours conscience du charme de Paris, ni même d'être dans une ville qui n'est pas la mienne, mais cette nuit-là, en la voyant danser à travers la fenêtre, je réalisai soudain que cet endroit – à la fois splendide et fondamentalement éloigné de mes racines – serait le lieu de naissance de ma fille.

Vingt-quatre heures se sont écoulées avant l'arrivée de Marlow. Lorsque enfin Valentine a commencé le travail, la fatigue m'avait mis moi-même dans un état second. Je ne restais éveillé que par la force de l'émotion, et mes pensées étaient au mieux incohérentes. À la quatrième ou cinquième poussée, je saisis quelques bribes du français impétueux du médecin : blablabla, blablabla, blablabla, « *tête dorée**... ». Il fallut un moment à mon esprit léthargique pour imprimer et assimiler les sons qui venaient de sortir de sa bouche ; puis je compris soudain qu'elle était en train d'observer la tête de *ma* fille et d'expliquer que celle-ci était *blonde*. Pour le reste, ce n'est que le brouillard habituel. J'aperçus un placenta sur un plateau, entendis un cri tout nouveau et faillis m'évanouir. Les infirmières emportèrent mon bébé, le médecin s'occupa de ma femme, et je me retrouvai à errer dans le couloir désert jusqu'à trouver les toilettes, où je m'enfermai pour pleurer comme tous les nouveau-nés, par terre. Car c'était bien d'une seconde naissance qu'il s'agissait. En plus de toutes les prises de conscience habituelles – de responsabilités nouvelles et vertigineuses, du temps qui passe –, je me rendais compte également, même si tout cela était encore flou, que l'identité que j'avais endossée jusque-là, quelle qu'elle fût, s'était muée en une nouvelle. Après m'être lavé le visage, je retournai dans la chambre pour enfin rencontrer mon bébé. Ils étaient en train d'aspirer du liquide amniotique de son estomac. Je pris place à côté de ma femme et je regardai, impuissant, son combat pour venir au monde. Une fois notre fille apaisée et hors de danger, l'infirmière la déposa dans nos bras. Elle dévoila alors une paire d'iris bleu azur qui louchaient, dont je sus aussitôt qu'ils fonceraient considérablement mais jamais ne deviendraient marron. À la vue de ce petit être en quête d'air et de lait, j'éprouvai la première vibration d'un amour qui, chaque seconde depuis, s'est avéré le plus sincère que j'aie jamais connu. Je sentis également, je dois l'avouer, comme une peur de la mort me glacer jusqu'à la moelle. *Qu'est-ce que tu as fait ?* me demandait mon surmoi, ou une voix bien plus sévère, depuis quelque région lointaine de mon esprit enfouie au-delà des limites de ma conscience. *Mais qu'est-ce que tu as fait !* Je m'efforçai de la faire taire. Une heure plus tard environ, Valentine et le bébé ayant commencé leur nuit, je m'affalai dans un taxi, mes yeux marron retraçant distraitement la route magnifique et quasiment étrangère.

Toute ma vie, j'ai cru avec sincérité au précepte fondamentalement américain qui veut qu'une unique « goutte de sang noir » rende automatiquement une personne « noire », et ce car elle ne pourrait jamais être « blanche ». Je dis « fondamentalement américain » parce que ce n'est pas le cas ailleurs. Au Brésil par exemple, une goutte de « sang blanc » rend la personne non noire[1]. Jusqu'à la naissance de ma fille Marlow, cette nuit-là à Paris, je n'avais jamais eu le moindre doute quant à l'idée qu'au moment venu, mes enfants naîtraient « noirs » comme moi. Ils seraient « métis », certes, mais cela n'est qu'une question de degré pour tous ceux d'entre nous dont les racines remontent suffisamment loin. Dans mon esprit, ils seraient aussi noirs que Frederick Douglass, W.E.B. Du Bois, Lenny Kravitz ou Halle Berry. L'idée de voir l'identité noire comme une vérité sans entre-deux était tellement fondamentale dans la conception que j'avais de moi-même que je n'avais jamais réellement considéré son bien-fondé. Mon propre père, que nous appelons Pappy en guise de clin d'œil à ses racines sudistes, a une couleur de peau située entre le brun et le noir. Malgré quelques

1. Un tableau stupéfiant de 1895, *La Rédemption de Cham*, dépeint le *blanqueamiento*, ou blanchiment, une pratique coloniale subventionnée par l'État, où des mariages forcés étaient organisés entre des Brésiliens à la peau sombre et des immigrés européens à la peau claire, afin que les moindres traces de l'Afrique « soient emportées par le courant de la race blanche ». Sur la toile, une grand-mère âgée à la peau sombre se tient à gauche d'une jeune mère métisse, d'un père blanc et d'un enfant au teint clair. Les mains levées vers le ciel, elle rend grâce à Dieu. Plus récemment, en 2010, quand un journaliste a demandé à Neymar da Silva Santos Júnior, la superstar du football au teint basané et aux cheveux frisés, de père noir et de mère blanche, s'il avait déjà été victime de racisme, il avait eu cette célèbre réponse : « Jamais. Ni sur le terrain, ni en dehors. Je ne suis pas noir, vous savez ! »

taches de rousseur saupoudrées sous les yeux et un nez « d'Indien », pour reprendre les taquineries de ma mère, personne ne l'a jamais décrit autrement que comme noir. Son apparence, jumelée à la force de son caractère, m'avait conduit à supposer que l'identité familiale des Williams serait à jamais fidèle à son image, bien que ma mère soit entièrement blanche – cheveux blonds, yeux bleus, originaire des deux côtés de familles protestantes du nord de l'Europe.

Quand mon père avait l'âge de ma petite fille, à l'endroit où il vivait, il y avait encore des carrioles tirées par des chevaux et des toilettes extérieures. C'étaient les années 1930, dans le Texas, à Galveston, une étroite bande de terre dans le golfe du Mexique tristement connue comme le dernier endroit de tous les États-Unis d'Amérique à avoir libéré ses esclaves, quelque deux ans et demi après la Proclamation d'émancipation d'Abraham Lincoln. Même s'il n'a jamais été riche, Pappy, dont le grand-père était né durant la dernière année où l'esclavage était en vigueur, a néanmoins réussi, par son éducation, à nous faire sauter plusieurs générations d'un coup, et ainsi nous introduire dans le genre d'environnement petit-bourgeois que mon frère et moi imaginions normal. En 1981, au moment de ma naissance dans une banlieue du New Jersey, il avait coupé pratiquement toutes les racines noires sudistes dont nous aurions pu hériter. Mon frère et moi avons été élevés dans une maison petite mais somptueusement remplie de livres, par des parents aimants et dévoués tout deux venus d'ailleurs. Ils conservaient peu de photographies ou de traces du passé et privilégiaient l'individualité, le développement intellectuel et la construction de soi à l'appartenance à une lignée ou à un clan particuliers. Je ne l'avais pas formalisé à l'époque, mais en comparaison avec tous mes voisins et camarades de classe polonais, italiens, portoricains, noirs, irlandais ou catholiques, mes parents détonnaient par leur opposition à toute forme de tribu. Nous n'appartenions à aucun collectif. Ma mère est une chrétienne pratiquante mais sa foi relevait du domaine privé, et ce n'est qu'une fois mon frère et moi partis de la maison qu'elle se remit à assister aux offices religieux. Bien que nous ayons toujours fréquenté des écoles catholiques, comme pour nous extirper de notre petite banlieue, je me rends compte aujourd'hui que mes parents nous ont toujours interdit d'assister à la messe. Le mardi matin, quand toute l'école traversait la rue pour se rendre à l'église, nous restions assis dans le hall en compagnie de secrétaires interdites, plongés dans nos livres et nos magazines – une leçon précoce, incroyablement difficile mais extrêmement précieuse dans l'art de se démarquer.

Dans le domaine laïque aussi, nous nous démarquions. Pappy était profondément allergique au snobisme forcé des organisations sociales noires telles que Jack and Jill of America, tout comme ma mère et lui restaient le plus loin possible de leurs équivalents blancs. À nous quatre, nous formions un îlot à part dans cette ville ségréguée *de facto*. Nous vivions dans la partie blanche, comme un pied de nez silencieux aux tentatives insultantes faites par plusieurs agents immobiliers de nous placer au-delà de la ligne de démarcation invisible mais bien réelle. Pourtant, malgré ces particularités, nous ne remettions jamais en question le fait que notre foyer était incontestablement *noir*. Mon père racontait même parfois, en ne plaisantant qu'à moitié, que sa femme n'était pas vraiment blanche – elle avait simplement « la peau claire », disait-il en riant. Un jour, quand j'avais une dizaine d'années, je lui demandai de s'expliquer. « Allez, tu n'y crois pas vraiment, si ? », et pour seule réponse il me lança : « Eh bien, elle a une conscience noire, n'est-ce pas ? » Je me rends compte aujourd'hui, en tant qu'adulte, que cet échange n'aurait pu avoir lieu nulle part ailleurs qu'aux États-Unis – et pourtant je n'y voyais rien d'anormal à l'époque. Ce que je sais, c'est que mes parents ont essayé de nous préparer du mieux qu'ils pouvaient, mon frère et moi, à la réalité extérieure – et ce par la revendication fière et assumée de notre identité noire, afin que nous puissions en faire de même lorsque le monde nous demanderait inévitablement de prendre position.

Au-delà du seuil de notre porte, cependant, et depuis mon plus jeune âge, il m'apparut clairement qu'en dépit de sa « conscience », les gens s'obstineraient à souligner les différences entre ma mère et moi. Mon plus vieux souvenir de cette dissension a pour décor la file d'attente d'un supermarché. Je devais avoir quatre ans, et je faisais l'imbécile avec mon frère. Ma mère, qui essayait d'avoir la paix pour compter sa monnaie et ses coupons, se retourna et nous dit de nous calmer. Une fois la réprimande terminée, une dame blanche plus âgée qui avait observé la scène se pencha vers nous en disant : « Ça doit être tellement difficile d'adopter ces enfants du ghetto. »

Au cours des années 1980 et d'une bonne partie des années 1990, même dans le contexte d'une banlieue du New Jersey relativement proche de Manhattan en voiture, notre famille faisait l'objet de regards parfois perplexes, parfois hostiles, lorsque nous allions manger à l'extérieur. Et bien que j'aie connu et fréquenté à l'école un certain nombre d'enfants « noirs », dotés de toutes sortes de couleurs de peau et de textures de cheveux, je n'avais jamais entendu quelqu'un se définir consciemment comme « biracial » jusqu'à mon entrée à l'université de Georgetown en 1999 ; dans le recensement national, il était même impossible de sélectionner plus d'une seule « race » avant le début des années 2000. Autrement dit, je suis assez vieux pour comprendre pourquoi de nombreux Noirs songent encore à la ségrégation avec nostalgie : il y a une certaine sécurité, un certain confort dans l'unité et l'acceptation, même quand cette unité est basée sur des contours arbitraires et parfois contradictoires.

En 2012, un an avant que Valentine tombe enceinte, j'ai publié un essai dans le *New York Times* qui définissait mes futurs enfants comme incontestablement noirs. Avec du recul, je vois qu'il s'agissait d'une dernière bravade, d'un dernier élan de… *quelque chose*, d'une certaine façon de voir le monde, dont j'avais dû comprendre, que je l'admette ou non, qu'elle était menacée d'extinction. À l'époque, j'étais persuadé d'avoir raison, et j'avais même convaincu ma femme d'adopter cette position totalement étrangère à son esprit européen. Aujourd'hui je grimace en lisant ce billet. Bien sûr, tout le monde change en devenant parent, mais je dois admettre rétrospectivement, et sans exagération, que je n'étais plus du tout le même homme en sortant de la salle d'accouchement qu'en y entrant. La vue de cet enfant aux cheveux blonds, aux yeux bleus et à la peau incroyablement claire m'avait bouleversé – comme le fait qu'elle fût indubitablement *à moi*. À un niveau profondément irrationnel mais viscéralement convaincant, je crois avoir eu peur, comme un Œdipe moderne, d'avoir métaphoriquement couché avec ma mère blanche et tué mon père noir.

La réalité de l'apparence de Marlow me fit voir le ridicule de ma précédente théorie de « l'unique goutte de sang ». Quand je regarde ma fille désormais, je vois une autre facette de moi-même – je vois mon propre enfant, dans son unicité. Mais j'ai conscience aussi que la plupart des personnes qu'elle rencontrera la considéreront

– et voudront la considérer – comme « blanche ». Or je ne peux m'empêcher de me demander si j'ai fait franchir à ma famille un seuil dont je ne parviendrai peut-être jamais, de mon vivant, à percevoir toutes les conséquences.

Le lendemain de la naissance de Marlow, Nicolas, mon beau-père plein d'entrain, m'emmena à la mairie la plus proche pour y déclarer mon enfant. En France, cette formalité doit être accomplie dans les trois jours suivant la naissance – et reste donc en pratique une prérogative paternelle. Nic remarqua en plaisantant que je pourrais profiter de la situation pour lui donner le nom qui me plairait – avais-je d'autres idées en tête ? demanda-t-il en riant. Je me souvins que c'était précisément de cette manière que Steve avait fini par s'appeler ainsi, et non Marc, un élan de créativité s'étant emparé de son père à la *mairie**, tandis que sa mère récupérait dans son lit. Je comprenais la tentation. Une partie de moi fut tentée de griffonner Jemima – voire Shaniq'wa – sur ce bout de papier bleu officiel de la *République française**. Un majeur tendu, nominal mais somptueux, adressé aux notions noires petites-bourgeoises de respectabilité ; un pied de nez aux apparences de l'identité blanche ; une réappropriation amusante – peut-être même une *transcendance* – des stigmates ethniques persistants. Lorsqu'elle est tombée enceinte, j'ai subtilement évoqué l'idée auprès de Valentine – à moitié sur le ton de la plaisanterie – mais je l'ai abandonnée rapidement, après qu'elle m'eut répondu la trouver manipulatrice au point d'être irresponsable. La couleur de notre bébé, cependant, avait réveillé en moi un désir de rébellion. Mais la vie d'un enfant ne répond à un geste ni sarcastique, ni même politique. J'inscrivis soigneusement *Marlow* dans l'espace réservé au *prénom**, comme nous en étions convenus, ce qui en soi était une conséquence quelque peu ironique de notre amour mutuel pour la série HBO *The Wire* (« Sur écoute »), en plus de répondre au besoin plus pratique de trouver une combinaison de syllabes qui serait prononçable aussi bien en anglais qu'en français. Les Français ne possèdent pas tous un deuxième prénom, mais il me semblait que Marlow en exigeait un, qui soit doté d'une dimension ancestrale. J'écrivis donc *Cora*, en hommage à la grand-mère bien-aimée de mon père, membre de la première génération de sa lignée à voir le jour sous l'émancipation. On me fit remarquer plus tard que Cora est le nom d'une chaîne de grandes surfaces en France, et qu'à l'oreille de la plupart des Français cela résonne comme notre Walmart américain. Ce fut là ma première leçon, et non ma dernière, sur l'incommunicabilité du sens et des références entre les différentes réalités avec lesquelles Marlow devrait jongler.

Valentine passa six jours et six nuits dans une chambre privée généreusement offerte par l'État français, avant que nous enveloppions notre petite fille dans des couvertures et la ramenions à la maison. Je m'étais posé la question de savoir quelle serait la toute première chanson à lui faire écouter lors de ce trajet inaugural – cette première tentative parentale d'endoctrinement culturel –, et j'avais finalement choisi « Mushaboom » de Feist. *Et nous vivrons les moments un par un*, chantait sa voix virevoltante dans la voiture. *Cela doit être ainsi qu'on construit son destin.* Il ne s'agit aucunement d'une chanson noire, et cela aussi m'angoissait. La voix intérieure se faisait entendre à nouveau. *Qu'est-ce qui ne va pas avec du Stevie Wonder, mec ?* Mais l'angoisse n'est qu'une fraction de ce que j'éprouvais. Chaque moment avec Marlow rendait mes questions obsédantes et mes phobies absurdes de plus en plus hors de propos.

« Ah, mon fils, gloussa Pappy en berçant Marlow dans ses bras pour la première fois, quelques semaines plus tard, lorsque ma mère et lui vinrent nous rendre visite. C'est juste une *palomino* ! » Il y avait – et il y a toujours – quelque chose de particulièrement réconfortant dans son assurance. Bien sûr, à son époque et dans ses restes de lexique texan, les Noirs pouvaient rester imperturbables face à toutes sortes de mélanges improbables, employant un nombre quasi infini de termes ésotériques (régulièrement tirés du monde de l'élevage de chevaux, ce qui a de quoi faire tiquer une oreille contemporaine) afin de les décrire. Je dus moi-même dégainer mon iPhone et rechercher « *palomino* » sur Google (« un cheval de couleur dorée, claire ou foncée, doté d'une crinière et d'une queue blanches, élevé à l'origine dans le sud-ouest des États-Unis »), mais j'avais également grandi avec d'autres mots, comme « jaune clair » ou « mulâtre », et, sous le toit de mon père au moins, ces termes désormais anachroniques et biaisés de « quarteron » et d'« octavon[1] ».

Que ces mots sont bizarres. Mais quelle réalité parfaitement simple essayent-ils de cacher et de contenir ? Au fond, ce que signifient vraiment tous ces descripteurs élaborés et nébuleux n'est rien d'autre que le fait qu'aux États-Unis, dans un passé pas si lointain, si Marlow, avec ses yeux bleus et tout le reste, n'avait pas délibérément rompu avec sa famille et tenté sa chance en « passant » pour blanche, elle aurait été assujettie et dépossédée de ses biens comme nous tous – tout en accédant à la sagesse, à la discipline et au superbe style des Noirs américains. Ainsi perdura cette chose que l'on pourrait définir comme une expérience noire plus ou moins uniforme – non sans ses terribles tourments mais, à l'inverse, remplie de profondes satisfactions – qui n'avait rien à voir, ou presque rien, avec des marqueurs génétiques précis. En effet, bien que l'absurdité des races soit la plus évidente

1. Personnes dotées respectivement d'un quart et d'un huitième de sang « noir » (*NdT*).

à la marge, le cas de ma fille n'aurait même pas été considéré comme marginal dans les anciens États esclavagistes, où les théories sur l'hypodescendance[1] étaient le plus farouchement observées, et où une personne qui aurait une quantité aussi indétectable qu'un trente-deuxième de « sang noir » pourrait être « légalement » qualifiée « de couleur ». Autrement dit, malgré les implications terriblement cruelles des lois d'hypodescendance, il y avait encore, jusqu'à une époque récente, une place réservée aux personnes comme Marlow qui s'intégrait entièrement dans le champ de ce que l'on a appelé l'*American Negro*.

Aujourd'hui, cet élan vers une inclusivité inconditionnelle (réaction tout à fait justifiable et admirable à l'*exclusivité*) a perdu de sa force : les mots, aussi biaisés soient-ils, qui décrivaient les gens comme ma fille ou moi-même, ont progressivement disparu du langage commun, exilés quelque part où les termes comme « Nègre » vont se retirer. Ce n'est pas parce que les Noirs ont soudain oublié leurs origines paradoxales[2], mais plutôt parce

1. La règle de l'hypodescendance stipule qu'une seule goutte de sang d'une race considérée comme inférieure suffit à classer quelqu'un dans celle-ci. C'est la « *one-drop law* » (*NdT*).

2. Bien qu'il y ait beaucoup de cela aussi. « En ce qui me concerne, je sais que les moments historiques de fortes tensions raciales, comme celui que nous vivons aujourd'hui, sont à même d'intensifier mon éternel dilemme identitaire, jusqu'à ce que l'une des parties doive céder », écrivit Zadie Smith en 2017, dans un essai du *Harper's* intitulé *Getting in and out* (« Entrer et sortir », en référence au film *Get Out*, dont traite l'essai de Smith), après avoir vu la toile de l'artiste blanche américaine Dana Schutz. Intitulé *Open Casket* (« Cercueil ouvert »), le tableau représentait le corps lynché de l'adolescent noir Emmett Till, et était alors exposé à la biennale du Whitney Museum. « On se met à rêver d'une

que l'idée de « race blanche » et de métissage non noir est en train de devenir, même contre son gré, de moins en moins exclusive. Avec plus d'un tiers de la population américaine qui déclare compter dans sa famille au moins un membre d'une « race » différente, et grâce à la possibilité, depuis l'année 2000, de sélectionner n'importe quelle combinaison de « races » sur le formulaire de recensement, la vision de la communauté noire comme la seule population fondamentalement métissée a du plomb dans l'aile[1].

---

clarté absolue, sur le plan personnel, génétique et politique. Je me tenais en face du tableau et songeais à quel point il serait cathartique qu'il m'emplisse de rage. Mais il ne m'a jamais révoltée à ce point, ni par ce qu'il représentait, ni par ce qu'il s'appropriait. » Peu de temps après que Smith eut publié l'article, sa crédibilité sur les questions de race fut remise en question, en partie du fait de son scepticisme à l'égard des positions raciales radicales d'une autre Britannique « biraciale », une artiste nommée Hannah Black. Celle-ci avait publié une lettre grandement relayée exigeant de la biennale le retrait, et même la destruction d'*Open Casket*. « Je ne trouve pas que les discussions sur la représentation et l'appropriation aient quoi que ce soit de léger, souligna Smith, avant de remarquer que la logique essentialiste de Black ne déplairait pas au propriétaire d'une plantation dans le Sud. « Hannah Black est-elle assez noire pour rédiger cette lettre ? demanda Smith. Mes enfants sont-ils trop blancs pour se sentir concernés par la souffrance des Noirs ? À partir de quand est-on assez noir ? Est-ce qu'un octavon compte encore ? »

L'essai de Smith « aurait dû s'intituler "Mes enfants métis seront-ils assez noirs pour l'Amérique ?" », plaisanta une contributrice noire sur *Medium*, la plate-forme d'articles en ligne. Une autre, Morgan Jerkins, commenta longuement l'essai sur Twitter. « La souffrance des Noirs n'est pas un exercice intellectuel. Souvent l'expérience vécue dépasse le discours. L'objectif n'est pas de tout rationaliser. Ne soyez pas surpris, prévint Jerkins, si une partie de cet essai est utilisée pour prouver que les personnes métisses doivent rester en retrait dans le mouvement. »

1. Selon le centre de recherche Pew : « Tous les recensements américains, à compter du premier en 1790, comprenaient des questions relatives à l'identité

Peut-être ma génération est-elle donc la dernière en Amérique pour qui la logique – et le manque de logique – des classifications raciales pouvait aussi facilement contredire, ou du moins ignorer, les signes physiques et les nuances du visage et du corps. C'est l'une des raisons pour lesquelles je fus pris d'une telle surprise à la vue de tant de caractères récessifs chez ma fille. Je fus obligé d'affronter une vérité que j'avais, sinon oubliée, du moins perdue de vue depuis quelque temps : ma fille ne tient pas « ces grands yeux bleus » de sa *maman**, comme tant d'inconnus et d'amis bien intentionnés ont tendance à le dire. Pourtant, malgré la longueur et l'étroitesse de mon nez et le beige de ma peau, je n'ai jamais rien vu d'autre qu'un homme noir en me regardant dans le miroir. « Biracial » est un mot que je n'ai jamais été tenté d'associer à ma personne. Il en va de même pour sa variante mise au goût du jour, « multiracial ». Étant donné mon éducation,

---

raciale. Cela reflète le rôle central de la race dans l'histoire de l'Amérique, depuis l'époque de l'esclavage jusqu'aux gros titres d'aujourd'hui concernant le profilage et les inégalités raciales. Mais la façon dont les questions sont posées, et les races catégorisées, a changé d'un recensement à l'autre, au gré des fluctuations du contexte politique et des sciences raciales. Aujourd'hui, les tentatives de mesure de la population multiraciale continuent d'évoluer.

De 1790 à 1950, les recenseurs cherchaient à déterminer la race des Américains en examinant la manière dont ils étaient perçus dans leur communauté, ou en appliquant des règles basées sur leur taux de "sang noir". Les Américains d'ascendance multiraciale étaient soit catégorisés comme une seule race, soit classés dans des catégories qui consistaient principalement en différents degrés de noir et de blanc, comme les mulâtres, comptabilisés au sein de la population non-blanche. À partir de 1960, les Américains ont pu choisir leur propre race. Depuis 2000, ils ont la possibilité de s'identifier à plus d'une race. »

ainsi que le lieu et l'époque où j'ai grandi – avant le début du XXI^e^ siècle –, il n'y avait aucune chance pour que je songe à m'identifier comme tel.

Je comprenais désormais que la vie de Marlow ne serait pas régie selon mes propres termes. Mais comme les nouveau-nés ne requièrent que de la joie et de l'attention, et non le jugement ni l'inspection systématique, et vu qu'un grand nombre de questions pratiques urgentes animaient mon foyer dans ces premiers mois innocents, je peux dire sans exagérer que j'ai mis un moment avant de prêter à nouveau attention à ce à quoi ma fille *ressemblait* – bien que cette pensée n'ait jamais totalement quitté mon esprit.

Quand elle n'était encore qu'un bébé de quatre mois aux joues roses et aux cheveux blond clair, je l'emmenai pour notre première excursion entre père et fille. C'était un grand moment pour moi. Sa mère avait tout juste repris le travail et cessé de l'allaiter ; quant à moi, je n'avais jamais assumé une telle responsabilité. Équipés d'un sac en peluche contenant toute la panoplie réservée aux bébés, nous avons quitté notre appartement en direction de la gare Saint-Lazare, où nous avons pris un train régional jusqu'au terminus de Deauville, en Normandie. Durant les deux heures de trajet, nous nous sommes assoupis, nous avons mangé et j'ai contemplé ma fille de mon regard de père émerveillé. J'apprenais encore son visage, percevant dans sa singularité ce qui devait être les fossettes de *maman**, une grande paire d'yeux rieurs qu'elle tenait peut-être de moi, ainsi qu'une toute nouvelle grimace, maladroite et séduisante, qui n'appartenait qu'à elle.

Steve est venu nous chercher à la descente du train. Marlow et moi devions passer quelques jours à la campagne avec son fils Jo-jo et lui, afin d'accorder un peu de répit à nos femmes et de boire le bourgogne de ses parents, au coin du feu, une fois les enfants couchés. Une parfaite idylle française, à n'en pas douter. Steve et sa famille sont chocolatiers. Nous nous sommes engouffrés dans sa voiture, et nous avons fait un arrêt dans le centre-ville pour voir leur nouveau magasin. Il voulait aussi présenter sa nièce à ses frères et sœurs, qui supervisaient l'ouverture de la boutique. Je pris ma fille dans les bras et entrai avec elle. Empli de cette fierté inexprimable née du seul fait de devenir parent, je fis passer le bébé de bras en bras et allai me servir quelques confiseries.

J'avais pris conscience, à ce stade, que les traits de Marlow, pas vraiment révélateurs d'un quelconque métissage, pourraient les décevoir ou, pire, les réjouir excessivement – deux réactions qui me mettent mal à l'aise. La famille et les amis proches comme Steve, l'une des personnes les plus gentilles que je connaisse, sont parfois enclins à le penser. C'est pourquoi je fus sonné par les mots de sa sœur, qui n'avait probablement aucune mauvaise intention et ne faisait qu'exprimer ce que beaucoup d'autres avaient dû penser, lorsqu'elle prit Marlow dans les bras et s'exclama : « Waouh, mais est-ce que tu étais dans la pièce, ou Valentine s'est juste reproduite toute seule ? » Je ris, et Steve fit une remarque diplomatique sur la similitude de nos personnalités. Mais en remontant dans la voiture, j'étudiai le visage de Marlow à la recherche de traces de moi-même – que je finis bien par trouver –, en me demandant pourquoi celles-ci demeuraient aussi invisibles aux yeux des autres.

À un quart d'heure de route de notre destination vivait la grand-mère de Valentine, chez qui nous nous étions mariés deux ans plus tôt. Avant la cérémonie, je me souviens m'être promené dans la propriété avec mon père, juste lui et moi ; il était beau et solennel dans son costume. Nous nous étions arrêtés sous un pommier surplombant les étangs de carpes, les pâturages voisins et les petites dépendances normandes qui parsemaient la pelouse, avec leurs colonnes noires et leurs murs de plâtre blanc – des maisonnettes en pain d'épice qui incarnent toutes sortes de choses que nous ne sommes pas. Mon père se tourna vers moi avec une expression affectueuse – mais, me sembla-t-il, non dénuée de gravité –, et il me dit : « Mon fils, ne te perds pas. » Ce n'était pas une réprimande, et il n'était pas sévère ; il paraissait presque m'implorer, ou peut-être ne pas s'adresser à moi mais à une version plus jeune de lui-même par mon intermédiaire. Je n'en sais rien. Nous fûmes interrompus peu après, et je dus m'écarter. Nous n'avons jamais repris cette conversation, mais ses mots me reviennent et résonnent d'autant plus à chaque année qui passe.

Quelques années plus tôt, il ne lui serait pas venu à l'esprit de m'en dire autant. Ma situation avait désormais pris une tout autre apparence, bien qu'intérieurement il soit difficile de situer le moment décisif auquel votre vie devient ce qu'elle sera – ce moment où l'on filtre, parmi les amas d'expériences, ce grain de sable unique – voire cette poignée – qui a brisé l'échine d'une certaine identité pour laisser place à la suivante. Je ne saurais déterminer à quel instant cela m'était arrivé, mais je me rendis compte un jour que je me trouvais fréquemment dans des pièces où j'étais la seule âme noire. Parfois, dans un retournement de situation auquel je suis certain que les Afro-Américains ne sont pas habitués, la race se retire de mon expérience vécue et devient quelque chose d'entièrement cérébral, abstrait. Lors du train-train quotidien, quand je bavarde avec le boulanger ou que je répète, devant mon aimable épicier turinois, les quelques phrases d'italien que j'ai pu glaner au fil des ans, il se peut que j'oublie totalement ma catégorisation raciale – une impression de légèreté existentielle dont je doute que mon père ait jamais eu la sensation. À tout moment, elle peut venir ou s'en aller. Quand quelque mécanisme interne revient me plaquer en arrière, je reprends conscience que la salle est blanche. Et je me rends compte, aussi, que je me sens désormais à l'aise dans ces pièces-là, bien que je ne me considère pas moi-même comme blanc, loin de là. Puis je regarde ma fille et me demande : dans toutes ces pièces blanches où elle sera élevée, qu'apprendra-t-elle à penser par elle-même ? Est-ce qu'elle développera mon GPS ancestral, ou est-ce que ce signal s'évanouira ? Serait-ce seulement juste de ma part d'introduire dans sa tête insouciante ma propre vision des choses, dont une partie est rongée par la culpabilité et bercée d'illusions ?

Au cours de ce séjour chez Steve en Normandie, je pris des dizaines, voire des centaines de photos de Marlow avec mon téléphone – d'elle qui s'assoupissait dans mon lit, ou qui contemplait les chevaux broutant le gazon, non loin de l'endroit où son arrière-arrière-grand-père (du côté de ma mère), qui ne s'est jamais vraiment fait à l'idée d'avoir une descendance noire, est arrivé comme sergent de l'armée en 1944, sur sa route vers la libération des camps de concentration allemands. (Ce fléau étranger, il pouvait bien sûr le comprendre et s'en offusquer dignement, ce qui ne l'empêchait pas de fermer les yeux sur d'autres horreurs dans son propre pays – voire de s'en rendre complice.) En regardant les photos de ma fille, je me suis surpris à appliquer des filtres qui lui fonçaient la peau. J'effaçai celles d'entre elles qui semblaient décolorées ou surexposées. Parmi les nombreux clichés, j'en trouvai un où elle ressortait presque écrue – et c'est celui-ci que j'envoyai à mes amis. Si mes subterfuges pour « accommoder » l'apparence de ma fille me firent une drôle d'impression, j'étais également ravi, voire soulagé, d'avoir la preuve visuelle qu'elle était « noire », au sens le plus extraordinairement élastique du terme – fût-ce même de manière imperceptible. Ainsi cette image, de même qu'une adhésion ébranlée mais toujours servile à la règle de « l'unique goutte de sang », ainsi que la conviction que la famille de Steve, tout comme tant de familles non américaines, n'ont pas conscience de ce qui se joue ici, me donnèrent droit à quelques mois supplémentaires de tranquillité d'esprit.

Il y a une autre photo de ma fille que je garde précieusement dans mon appartement et à laquelle je retourne souvent lorsque j'écris. Sur celle-ci, Marlow, vingt mois, est assise sur un grand canapé vert dans la maison que mon frère avait louée pour les quarante ans de mariage de mes parents. À côté d'elle se trouve la fille de mon frère, Mila, dix mois, une magnifique métisse à moitié russe, qui tient de son père sa peau couleur olive et ses sourcils broussailleux, et de sa mère, les épaisses mèches blondes et les yeux azur. Sur la photo, les deux cousines se regardent, tout sourires. À droite de Mila, à moitié cachée par l'ours en peluche qu'elle serre dans ses bras, est assise la poupée noire grandeur nature que ma mère a donnée à Marlow. Elle est rangée dans un coin, soit comme une réflexion après coup, soit comme un rappel, ses larges yeux marron grands ouverts regardant par-dessus l'ours en peluche, droit dans ma direction. L'image me renvoie une question ironique : *De ces deux bébés, lequel est un vrai bébé noir, et lequel est artificiel ?* Cependant, lorsque je m'attarde sur ce cliché, que je l'examine un peu plus, une autre image refait surface : la façon dont nous remplissons la maison de Bobby « Blue » Bland et Syl Johnson, John Coltrane et Nina Simone, des sons qui tirent Marlow hors du canapé et la font se trémousser en cadence. Quand sa danse la conduit un peu trop près des escaliers qui mènent à la cave, je vois mon père de soixante-dix-huit ans se délester des années et des kilos accumulés par son corps arthritique, et bondir hors de la table comme un sprinter de ses starting-blocks, plus vite que Valentine n'aurait pu se déplacer de la cuisine, et plus vite que je me déplace moi-même, pour s'emparer de sa petite-fille avant qu'elle risque de tomber. Il la tire alors vers lui et elle se met à rire. Ils ont le même sourire.

Plus tard ce soir-là, Pappy me répétera encore, comme il me l'avait dit à Paris avec Marlow dans les bras, qu'il ne voit rien d'incongru entre l'apparence de ces deux petites filles et ce que les gens définissent comme « noir ». Dans les écoles ségréguées du Texas, certains de ses copains de classe étaient exactement comme ces filles-là. « Ça a toujours été comme ça, insiste-t-il. Notre notion de l'"autre"est fausse. » Toujours est-il que la naissance et la présence de Marlow dans ma vie ont bouleversé ma perception de moi-même, et m'ont davantage exposé à la porosité des frontières raciales que l'ont été la plupart des gens qui n'ont pas grandi dans la partie noire d'une ville dans le sud de Jim Crow[1] – ne serait-ce que parce

1. Les lois Jim Crow sont un ensemble de règlements, principalement en vigueur dans le sud des États-Unis entre 1876 et 1964, imposant une ségrégation de droit dans les lieux et services publics. Le nom Jim Crow, tiré de la

que les habitudes sociales tendent à maintenir la vaste majorité d'entre nous à l'écart des marges. Cette distance nous permet de parler de la couleur avec des métaphores brutes, sans risquer la dissonance cognitive qui accompagne des affirmations comme : « Mon père est noir mais ma fille est blanche. » Mais à quoi ressemble un visage noir ? J'avais coutume de chercher une réponse à cette question – et, à vrai dire, je me surprends encore parfois à le faire. « N'importe quel imbécile peut s'apercevoir que les Blancs ne sont pas vraiment blancs, et les Noirs, pas vraiment noirs », aimait souligner l'écrivain Albert Murray. Une observation tellement basique et évidente qu'il est presque impossible de la prendre au sérieux – comme de dire qu'en réalité, le soleil ne se lève pas, ni se couche. Mais que nous apprend le fait que les mots les plus communs que nous employons pour nous décrire reposent sur des catégories qui ne se reflètent pas, et qui ne peuvent se refléter, sur la chair humaine ?

John Locke observait que les catégories « sont déterminées par l'esprit, et non par la nature » : comment, en effet, peut-on apprendre à se regarder dans le miroir et réellement *voir* ce qui s'y trouve sans entendre le bruit de fond des mythes et des préjugés ? C'est l'une des choses les plus difficiles que j'aie jamais eu à faire. Et je ne crois pas être le seul. Après toutes ces générations, tous

chanson d'un artiste qui se noircissait les mains et le visage, en est venu à désigner la ségrégation dans son ensemble (*NdT*).

ces siècles d'entraînement, nous ne savons toujours pas comment voir ni parler de nous-mêmes et des autres. La « race » nous obsède et nous déconcerte à la fois. Alors que se figent nos souvenirs de la première présidence noire, je me vois obligé, tout comme vous, d'opérer une légère pirouette rhétorique chaque fois que je définis comme telle l'administration Obama. Il est très difficile de rappeler qu'il s'agit du premier président à déclarer ses origines comme partiellement africaines. Ce n'est pas seulement qu'une telle formulation serait affreusement timorée, mais c'est aussi que nous croyons viscéralement en nos cases et que, malgré les efforts des derniers recensements, nous ne savons pas *réellement* – ou ne voulons pas savoir – comment faire pour qu'une personne se sente à l'aise dans plusieurs cases à la fois[1]. C'est la raison pour laquelle nous produisons aux États-Unis, et dans aucun autre pays dont j'aie connaissance, des présidents « noirs » comme Barack Hussein Obama, des activistes « noirs » comme Jesse Williams, la star aux yeux bleus de *Grey's Anatomy*, et Colin Kaepernick, le *quarterback* marginalisé,

1. Un article paru en 2010 dans le *New York Times*, intitulé « *Interrogé sur sa race, Obama coche "Noir"* », faisait remarquer : « Le président, né à Hawaii et élevé là-bas ainsi qu'en Indonésie, disposait de plus d'une douzaine d'options pour répondre à la question numéro 9, relative à la race. Il a choisi "Noir, Afro-Am., ou *Negro*". Mais il aurait aussi bien pu "cocher Blanc, ou à la fois Noir et Blanc", ou encore la dernière catégorie du formulaire : "autre race". » Curieusement, bien qu'une majorité d'Américains interrogés en 2014 par le centre de recherche Pew décrivent Obama comme « métis » et non « noir », on ignore si ces mêmes répondants considèrent cette première catégorie comme appartenant à la seconde, ou comme une catégorie distincte.

ou encore des dirigeants de la NAACP[1] « noirs » à la peau quasi blanche, comme Benjamin Jealous ou Walter White quelques décennies avant lui. L'exemple de White me parle tout particulièrement : avec sa peau claire, ses yeux bleus et ses cheveux blonds, il aurait pu être la version masculine de Marlow. « De nombreux Noirs sont considérés comme blancs, écrivait-il en 1948 dans son autobiographie *A Man Called White* (« L'homme que l'on appelait White »). Chaque année, environ douze mille Noirs à la peau blanche disparaissent – des gens dont l'absence ne saurait être expliquée ni par la mort ni par l'émigration. » Cela a *toujours* été comme cela, puis-je entendre dire mon père.

Pourtant, nous continuons de nous précipiter vers nos cases, et de fermer les frontières entre elles. Paradoxalement, le fait que nous admettions désormais que certaines personnes doivent occuper deux cases à la fois ne fait que renforcer la fausse certitude selon laquelle le reste d'entre nous devraient n'en occuper qu'une seule. L'idée que les cases dans lesquelles nous nous rangeons ne soient pas réelles, et qu'elles ne l'aient jamais été, est une tout autre question – que nous nous sentons parfois obligés de mentionner, mais que nous sommes très loin d'avoir acceptée. Nous sommes une nation

1. Fondée en 1909, la National Association for the Advancement of Colored People (« Association nationale pour la promotion des gens de couleur ») est l'une des plus anciennes et des plus influentes organisations de défense des droits civiques aux États-Unis (*NdT*).

qui se complaît dans son état de mauvaise foi collective – comme pour Sartre la coquette sur le banc –, qui interprète de manière fallacieuse les preuves qui s'offrent à elle, et qui refuse d'en tirer les conclusions qui s'imposent.

« La pire chose que l'on puisse faire avec les mots, c'est de s'abandonner à eux. » La citation est de George Orwell. « Noir », « blanc », « métis », « personne de couleur »… Nous vivons tous sous le poids de ces étiquettes – même ceux d'entre nous dont l'existence ne fait que les défier. Dans la théorie des couleurs, il n'y a pas de blanc – celui-ci n'existe que dans notre perception du monde, non pas comme une couleur en soi mais comme l'absence de couleur. Dans le monde réel également, l'expérience vécue de l'identité blanche est souvent interprétée comme l'absence d'identité raciale. C'est le point de départ, neutre, à partir duquel tout le reste n'est que déviation. *Une goutte de sang noir rend la personne noire car celle-ci ne peut plus compter comme blanche.* La noirceur, à l'inverse, représente la couleur sous sa forme la plus concentrée. Pourtant, en l'absence du blanc, elle non plus n'a aucune valeur. « La couleur noire d'un tapuscrit ne signifie pas que les lettres sont véritablement noires, remarque le designer graphique Kenya Hara. Celles-ci ne ressortent noires que par contraste avec la feuille de papier blanche. »

Je ne parais pas noir aux yeux de ma fille car elle n'a pas encore appris à établir les contrastes nécessaires. Elle a quatre ans à l'heure où j'écris, et je lui ai dit que j'étais ce que l'on appelle « noir » – mais cela ne l'a pas convaincue. « Tu es beige », me répond-elle. Elle n'est pas daltonienne. Elle voit bien que son *Papi de Paris**, son grand-père français, est ce que l'on appelle « blanc » – bien qu'après un peu de vin, elle note astucieusement qu'il est plutôt *rose**. De la même manière, elle remarque que son *Papi de New York**, ou grand-père américain, est « marron », comme elle dit avec naïveté – ou justesse. Ce sont des états de fait évidents, qu'elle admet tous avec la même indifférence. En outre, elle sait et elle accepte que sa mère soit appelée « blanche », et lorsqu'elle observe dans le miroir ses grands yeux bleus et sa masse de boucles blondes, je ne peux qu'imaginer qu'elle en pense autant d'elle-même – peu importe le nombre de *Oh ! Si j'avais un dinosaure* que je lui lis, livres dont certains des personnages sont noirs. C'est l'une des raisons pour lesquelles, après des années d'hésitation, j'ai enfin franchi le pas et commandé un kit pour tester mon ADN au printemps 2016. Pour parler clairement de quelque chose, il faut d'abord être capable de le nommer. Pour parler de vous, il faut d'abord pouvoir se rattacher à certaines origines. Chez les descendants d'esclaves, cette question s'est heurtée à l'une des plus grandes pertes que l'on ait jamais connue en termes de conscience de soi. L'expérience des Noirs dans le Sud est équivalente au déluge biblique : nous sommes tombés de l'Arche sans rien savoir de ce qu'il en était avant notre chute. Sans les tests génétiques, aussi imparfaits et incomplets soient-ils, nous ne serions même pas en mesure de dire avec certitude à quel pays

– et a fortiori, à quelle communauté linguistique ou tribu – nous avons été arrachés. Aux États-Unis, nous avons été homogénéisés et sommes devenus quelque chose d'entièrement nouveau. Cependant, les Blancs américains aussi ont tendance à se dissoudre les uns auprès des autres, ignorant les contours précis des spécificités ethniques. La mère de ma mère a grandi à Baltimore, en parlant allemand à ses parents immigrés. Mais, comme c'est si souvent le cas, le Vieux Monde était déjà bien loin des esprits lorsque sa fille se dorait au soleil sur les plages du sud de la Californie.

Pour ma part, j'ai vécu la plus grande partie de ma vie aux États-Unis, mais aussi neuf belles années en Europe de l'Ouest – la plupart en France –, quelques mois en Argentine, et j'ai beaucoup voyagé, aussi loin que Moscou et Saint-Pétersbourg. Chacun de ces endroits m'a marqué de manière tantôt subtile, tantôt apparente, si bien que le New Jersey de ma jeunesse pourrait désormais me donner l'impression d'un territoire totalement étranger. En revanche, je n'ai jamais mis les pieds en Afrique plus au sud que le Maroc, ni senti sur mon corps la chaleur de ce soleil-là. J'écris aujourd'hui depuis Berlin, où il gèle. Sur mon ordinateur portable est ouvert un onglet affichant un diagramme circulaire pastel de mes origines familiales et géographiques. J'observe les portions colorées, à la recherche de sens. Le segment fuchsia « subsaharien » constitue nettement moins que la moyenne – 39,9 % du total –, bien que ce soit de là que proviennent mon identité sociale reçue ainsi que mon ancêtre non américain le plus récent – ou du moins ce que le site identifie comme tel. Il y aurait vécu entre les années 1830 et 1890. La section « européenne » bleu marine – dont j'ai toujours su qu'elle existait mais que je considérais toutefois comme gravitant en dehors de *moi* – couvre quant à elle 58,7 % du cercle, et concerne presque exclusivement le nord de l'Europe. Ce ratio déséquilibré m'a surpris, même s'il n'aurait pas dû. Il n'y a pas si longtemps, en 1970, quelque 24 % d'Américains blancs (un chiffre qui représentait presque le double de la population noire de l'époque) possédaient des ancêtres africains – souvent sans le savoir, et souvent parce que quelque prédécesseur audacieux avait réussi à bousculer l'ordre établi. Mais cela n'était pas le cas dans la famille de ma mère. Ma tante fut estimée européenne à 99,9 %. Étant donné que ma mère et elle ont les mêmes ancêtres, cela voudrait dire que mon père aurait moins de 80 % de sang africain – ce qui est dans la moyenne, apparemment, de la frange d'Américains métis, afro-européens, que l'on qualifie de « noirs ».

Les résultats m'apprennent aussi que je n'ai pas de gène susceptible de développer la maladie d'Alzheimer. Mon esprit soulagé se tourne alors vers le doux visage de ma grand-mère maternelle, prise à tel point de démence qu'elle avait déclaré avec un sourire timide : « Bonjour, je m'appelle Esther » la dernière fois que je l'avais vue, autour d'un plateau de fruits de mer, un soir à San Diego.

Elle avait oublié le nom de sa propre fille, mais pas l'allemand qu'elle avait parlé durant son enfance, dans la maison de ses parents. Cet aspect de son identité, remarque ma mère avec fascination, elle ne l'avait jamais oublié, et elle s'y était même farouchement accrochée. Si je devais connaître un destin similaire, je me demande quelle serait l'essence vers laquelle je me tournerais.

Je ferme l'onglet. Ce n'est pas un diagramme circulaire qui va me dire qui je suis, ni ce que je suis. L'identité de ma fille a des répercussions sur la mienne, et n'altère pas seulement mon passé, mais aussi mon présent. Je serais une autre personne si elle était japonaise. Et je serais différent encore si elle était portoricaine. Je vois bien que la part russe de ma nièce a une influence réelle sur mon frère, bien que je m'émerveille également de la vitesse à laquelle ma belle-sœur s'américanise. N'est-ce pas là la raison pour laquelle certains groupes comme l'aristocratie se sont tant battus, afin de préserver les frontières de la filiation ? Ils savaient parfaitement que les humains sont malléables, que ce sont des êtres fugaces. Je veux suggérer ici que l'on se transforme, en partie du moins, à l'image de ses enfants et petits-enfants, de la même manière que l'on porte en nous les stigmates de nos parents et grands-parents[1]. J'affirme que je ne rentrerai plus dans ce jeu pipé, purement américain, qui veut que vous choisissiez une case et

1. « Un Juif aujourd'hui, énonce un adage particulièrement radical, c'est quelqu'un dont au moins l'un des petits-enfants est juif. »

qu'elle vous définisse. Il s'agit bien d'un *jeu*, non pas dans le sens d'un divertissement mais dans celui de la théorie des jeux : un véritable dilemme du prisonnier dans lequel nous sommes tous enfermés, et dont nous avons très peu de chances de sortir. L'intérêt personnel y étant mélangé à l'ignorance des intentions de l'autre, nous sommes quasiment assurés de prendre la mauvaise décision.

J'ai décidé d'être joueur, et de prendre un autre chemin. Lorsque je ferme les yeux, le cercle incompréhensible du diagramme génétique continue de luire à l'intérieur de mes paupières. J'ai bien conscience que notre situation n'est pas encore généralisée – et qu'elle ne le sera peut-être jamais –, et d'avoir connu une série bien particulière de ruptures et de coups de chance indépendants de ma volonté qui ont grandement contribué à me donner une impression d'autonomie dans ce monde. J'ai vu le jour au sein d'une famille aimante, avec mes deux parents ; j'ai été encouragé et entraîné à la lecture et à l'étude dès le plus jeune âge par un père exceptionnellement érudit ; tout au long de mon adolescence, on m'a donné le temps de m'y consacrer – un atout fondamental ; enfin, et à y repenser, peut-être de manière tout aussi décisive, j'ai été exposé à ce que l'on considère comme l'identité blanche, à travers ma mère et certains membres de sa famille, d'une façon enrichissante et non antagoniste qui m'a rendu tout à fait à l'aise mais résolument naïf à l'égard de la culture américaine dans son ensemble.

« Dans la vie de la plupart des Afro-Américains, les Blancs existent comme une force négative directe ou indirecte, observait Ta-Nehisi Coates en 2016 dans son essai sur Barack Obama, intitulé « Mon président était noir[1] ». La biracialité n'est pas un rempart contre ce problème – souvent, elle ne fait que le renforcer. » Dans cet état de fait, le précieux avantage d'Obama, selon Coates, tenait beaucoup au fait que « les premiers Blancs qu'il a connus, ceux qui l'ont éduqué, étaient d'une bienveillance que très peu de Noirs ont rencontrée à cette époque ». Cette réalité a été la même pour moi.

Malgré les grandes évolutions sociétales depuis les années 1960 et la jeunesse d'Obama, voire celles que j'ai connues dans les années 1980, je suis conscient que cette description des choses trouve toujours un écho aujourd'hui, et que la plupart des gens appelés « noirs » ne se sentent pas libres d'ignorer la désignation raciale qu'on leur a attribuée – qu'ils veuillent s'en débarrasser ou non. Mais cela ne veut pas dire qu'ils doivent s'en empêcher. Pas plus que les personnes considérées comme « blanches », et qui sont si souvent encouragées à mener une vie sociale non racisée, ne doivent s'empêcher de réfléchir à la façon dont leur identité raciale a été créée, afin qu'eux aussi puissent apprendre à la rejeter consciemment. À vrai dire, ce processus est crucial.

1. *In* Ta-Nehisi Coates, *Huit ans au pouvoir. Une tragédie américaine*, traduction de Diana Hochraich, Présence africaine, 2018 (*NdT*).

Qu'il découle de l'intolérance crasse ou d'un antiracisme bien intentionné importe peu : l'essentialisme (ou ce que James Baldwin décrivait comme « le fait d'affirmer que la catégorisation des individus est la seule réalité, et qu'elle ne peut pas être transcendée ») revient toujours à fuir le réel ; la charmante vérité, dans toute sa terrifiante complexité, est que nous sommes tous le fruit d'une pluralité. La pureté est toujours un mensonge, bien que celui-ci soit le plus manifeste lorsque le « mélange » est le plus frais.

Ce que j'espère explorer ici, à travers la propre transformation multigénérationnelle de ma famille, depuis ce que l'on appelle « noir » jusqu'à ce que l'on juge « blanc » – autrement dit, à travers ma propre confrontation à la fiction de la race –, ce sont des manières de comprendre et de traiter les autres qui opèrent quelque part entre les extrêmes de l'identitarisme tribal et l'utopie de Pangloss. Les gens auront toujours des apparences divergentes, quoi qu'on y fasse. Ce qui est contrôlable en revanche, c'est ce que l'on se permettra de faire de ces différences.

L'idée de catégorisation raciale est ancienne, mais non antique. Nous connaissons la remarque du dramaturge Térence : « Je suis humain, donc rien de ce qui est humain ne m'est étranger. » Nous savons aussi que la Rome impériale était un milieu furieusement cosmopolite – il y grouillait des hommes et des femmes parlant toutes sortes de langues, vénérant toutes sortes de dieux, affichant toutes sortes de couleurs de peau. Pourtant, il est intéressant de souligner que Térence n'a *pas* déclaré, comme on aurait pu s'y attendre : « Je suis romain, donc rien de ce qui est romain ne m'est étranger. » Si le constat qui suit est aujourd'hui un lieu commun, il reste important de le rappeler : l'idée d'une distinction des races humaines, telle qu'on la comprend aujourd'hui, ne remonte qu'à l'Europe des Lumières, c'est-à-dire au XVIIIe siècle. J'ai séjourné dans des auberges en Allemagne et déjeuné dans des tavernes en Espagne qui opèrent sans interruption depuis plus longtemps que cette théorie désastreuse.

Avec la publication de *Systema naturae* en 1735, Carl von Linné, naturaliste suédois et « père de la taxonomie moderne », eut le malheur de diviser l'humanité en quatre groupes de couleur : *Europaeus albus* (les « Européens blancs »), *Americanus rubescens* (les « Américains rouges »), *Asiaticus fuscus* (les « Asiatiques jaunes ») et *Africanus niger* (les « Africains noirs ») ; plus tard, Johann Friedrich Blumenbach, naturaliste allemand, « père de l'anthropologie » et créateur de ce terme flou et déroutant de « Caucasien[1] », nous répartit quant à lui en cinq catégories : les « Caucasiens » susmentionnés (ou « Blancs »), les « Mongols » (ou « Jaunes »), les « Malais »

1. Selon l'explication fascinante de Nell Irvin Painter dans *The History of White People* (« L'histoire des Blancs »), le terme dérive d'un idéal de beauté physique blanche popularisé par des peintures odalisques mettant en scène des femmes esclaves à la peau blanche venues du Caucase et détenues dans les harems turcs. Autrement dit, le langage des suprématistes blancs trouve ses racines, curieusement, dans les représentations de la servitude blanche et de l'infériorité radicale.

(ou « Marron »), les « Éthiopiens » (ou « Noirs ») et les « Américains » (ou « Rouges »), même s'il est vrai, pour sa défense, qu'il n'insista pas autant sur l'aspect hiérarchique. Les divisions ont toujours été relativement arbitraires et imprécises, et elles ont subi de nombreuses évolutions depuis. Ce que ces scientifiques essayaient de faire, certes maladroitement que ce fût, c'était simplement de décrire les différences physiques réelles qu'ils observaient dans le monde alentour. En Suède et en Allemagne, de telles entreprises étaient fondamentalement abstraites. La signification sociale et politique des races, le phénomène que nous avons fini par identifier comme la suprématie blanche, et la façon dont ces interactions se sont jouées sur le terrain, ne devinrent une réalité que dans la collision massive de ces différentes personnes au sein du Nouveau Monde, à travers les conquêtes et l'esclavage. (Cela explique également pourquoi, encore aujourd'hui, de nombreux Africains qui sont restés en Afrique ne se sont jamais pensés comme « noirs ».)

C'est dans le Nouveau Monde que la race, et surtout le racisme, « naquirent d'un déséquilibre fondamental entre les différents groupes sociaux », comme l'observe l'historienne Jacqueline Jones dans *A Dreadful Deceit* (« Une terrible tromperie »). Sur les bateaux d'esclaves qui transportaient des hommes, des femmes et des enfants de leur pays natal au Nouveau Monde, les ravisseurs européens sont devenus blancs et leurs captifs africains sont devenus noirs. Avec le temps, chacun de ces deux adjectifs a revêtu de multiples significations, « blanc » signifiant « un homme libre qui descend d'ancêtres libres », et « noir », « un esclave ou descendant d'esclaves ». La dimension sociale et politique (par opposition à scientifique) de cette dichotomie transparaît clairement dans la nature scandaleusement arbitraire d'une loi coloniale, qui établissait que le statut légal – et donc racial – des enfants métis serait transmis par le père, pour ensuite changer d'avis et désigner la mère[1]. Avant que la tradition s'impose, ces distinctions étaient inscrites dans le ciment et non dans la pierre.

Pourtant, la hiérarchie de couleurs qui découla des siècles de cohabitation asymétrique – même après l'abolition de l'esclavage et la fin de l'oppression légalisée – s'est révélée extrêmement résiliente et hautement contagieuse, capable de se répandre dans le monde aussi bien que la production de sucre ou de coton, bien qu'elle n'ait connu nulle part une expression aussi stricte qu'aux États-Unis d'Amérique. Une journée ensoleillée d'automne me le rappela, à Berlin, où j'habitais loin du centre, dans le côté ouest de la ville. De l'autre côté d'un lac de Wannsee imperturbable se trouvait une imposante villa italienne, autrefois propriété d'un industriel juif avant qu'il en soit spolié par les nazis, et décor de la réunion tristement célèbre des dirigeants nazis qui se retrouvèrent autour d'un déjeuner de vingt

1. Le but était que les maîtres blancs puissent continuer à coucher avec leurs esclaves noires sans craindre de voir naître des enfants « métis » illégitimes qui pourraient légalement revendiquer l'héritage.

minutes pour décider de la Solution finale. La Maison de la conférence de Wannsee fait désormais office de musée, un testament qui donne à réfléchir sur la monstruosité sans limites qui peut naître du désir de classer et d'enfermer les gens dans leur catégorie raciale. À l'intérieur, les murs sont couverts d'images qui à la fois vous glacent et vous font bouillir, ainsi que de photographies granuleuses de pogroms, de massacres et de propagande décomplexée, que le parti d'extrême droite Alternative für Deutschland (« Alternative pour l'Allemagne ») est en train de recycler, en exhortant les gens à créer des bébés allemands « pur sang » au nom du bien commun.

J'ai visité la Maison avec mon meilleur ami de l'université, Josh, le parrain de Marlow, lui-même descendant de Juifs d'Europe de l'Est. Nous évoluions à travers les pièces chacun à notre rythme, et je me retrouvai bientôt face à une grande affiche illustrée qui détaillait les lois de Nuremberg. Leur objectif premier était bien sûr de mesurer ce qui constitue une ascendance juive, mais elles visaient également, et même plus rigoureusement encore, à identifier ceux qui compteraient comme Noirs. Les nazis eurent pour célèbre inspiration les pratiques des Blancs du sud des États-Unis – et cela se voit. (Le premier statut anti-métissage des États-Unis, qui affectait le mariage, fut appliqué dès 1661, dans le Maryland. Il n'interdisait pas le mariage entre les Blancs et les Noirs, mais il rendait esclaves les femmes blanches qui épousaient des hommes noirs.)

J'étudiai ces tableaux de classification des métissages, avec leurs cercles funestes marqués *Deutschblütiger* (de sang allemand), *Mischling* (métis) et *Jude* (juif), plus ou moins colorés d'après un raisonnement d'une absurde méticulosité. Un extrait en particulier attira mon attention : « Conformément à l'article 6 du premier décret complémentaire de la Loi pour la protection du sang et de l'honneur allemands, tout mariage est interdit s'il menace de donner naissance à une progéniture qui souillerait la pureté du sang allemand. Ce décret bannit le mariage entre les individus de sang allemand et ceux de sang étranger, même s'ils ne possèdent pas de sang juif [...]. Le sang noir est tellement fort que, fréquemment, son influence est encore clairement visible au sein des membres de la 7e ou 8e génération. Dans les cas où l'époux envisagé possède du sang noir, un examen particulièrement minutieux sera requis, dont les résultats détermineront si le mariage est autorisable. »

Il était extrêmement perturbant, même à des dizaines d'années d'écart, de sentir soudain ce regard nazi, aussi bref et distrait soit-il, convoyer la haine des négriers sudistes et se retourner contre *moi*. À cause de la codification que le Troisième Reich a si furieusement tenté d'imposer, depuis la Seconde Guerre mondiale, dans la sphère académique, les grands médias et les discours jugés respectables à travers le monde, cette façon si racialement essentialiste de parler de l'identité s'est vue très majoritairement discréditée – ce qui est évidemment une bonne chose. Aujourd'hui, pour rendre compte de l'inévitable diversité humaine, nous préférons nous reposer sur des euphémismes tels que « culture », « ethnie », « nationalité », « ascendance », et, pour être encore plus actuels, « patrimoine génétique ». Pourtant, sous ce vernis de politesse et de rigueur scientifique, lorsque nous recourons à nos habitudes de langage, et que nous nous décrivons en toute bonne foi par des abstractions telles que « noir », « blanc » ou « moitié noir », ou que nous débattons – dans un sens ou dans un autre – de la présence de *sang* « juif » ou « natif américain » dans notre lignée, la logique sous-jacente a-t-elle fondamentalement évolué ? Ou alors, aurait-on hérité de quelque résidu idéologique – des nazis, des planteurs du Sud avant eux, ou, si l'on remonte encore plus loin, des Espagnols, qui créèrent les premières lois sur la *limpieza de sangre* (« pureté du sang ») afin de séparer les « vieux chrétiens » des personnes maculées de sang juif ou musulman.

Mon objectif ici est de réfuter, aussi difficile que cela puisse s'avérer, cette façon de penser persistante et réductrice qui a conduit à tant de souffrance humaine, en plus de tuer dans l'œuf et de sacrifier un tel potentiel humain. Pour ce faire, il faudra dépasser le concept d'identité blanche – cette funeste illusion qui sous-tend tous les aspects de la race. Toutefois, j'ai également conscience que les identités fières et résilientes qui se sont formées en réaction à sa construction risquent de s'avérer, à certains égards, plus dures encore à convertir. Lors d'une récente session de questions-réponses sur ce sujet, à la suite d'une conférence que j'avais donnée dans une université d'arts libéraux au nord de New York, un jeune étudiant en deuxième année, à la peau noire foncée, originaire du Queens et enfant d'immigrés jamaïcains, se leva et me dit en des termes très tranchés que je devais être terriblement naïf et franchement inconséquent pour imaginer une réalité sociale au-delà du diktat de la race. Son apparence n'était pas ambiguë et il lui était impossible de concevoir un monde où il ne serait pas « noir, un point c'est tout », bien que ses origines caribéennes et sa trajectoire personnelle, en tant qu'enfant d'immigrés ambitieux, le différencient forcément – et significativement – des descendants d'esclaves du Sud, dont beaucoup de lignées sont installées aux États-Unis depuis plus longtemps que presque n'importe quel autre groupe. Le sujet était clos, disait-il, car les « Blancs » avec lesquels il interagissait dans sa petite ville rurale le voyaient invariablement comme « noir ». « C'est ce que je suis », déclara-t-il, comparant son allégeance à une catégorie raciale définie par la couleur à sa loyauté envers la communauté ouvrière new-yorkaise dont il venait, et qu'il opposait au campus universitaire élitiste dans lequel il vivait désormais. Vu que la race – dans notre imagination surtout, mais c'est là tout ce qui compte – est si souvent associée à la *classe*, je compris d'emblée son point de vue. J'avais déjà connu cette même appréhension quand j'avais son âge, quand je devais m'acclimater à la vie dans une ville universitaire fortunée qui se trouvait à des années-lumière de l'endroit où j'avais grandi. La transition d'une classe à une autre peut très souvent donner l'impression d'une transition raciale, sans qu'il y ait besoin d'un quelconque facteur aggravant. Je comprenais parfaitement pourquoi cet étudiant défendait son point de vue avec tant de conviction – et de courage, étant donné la dynamique de la salle. Cependant, ce point de vue repose sur deux hypothèses qui méritent elles aussi le plus grand scepticisme. La première, c'est que la perception de soi doive être guidée, voire prise en otage, par la vision ignorante ou erronée de ceux avec qui l'on est destiné à cohabiter. Je serais moi-même un Arabe aujourd'hui si je me laissais identifier par le regard et les hypothèses de la société française[1]. La seconde, c'est qu'un paradigme biaisé ne saurait être redéfini ni modifié dans le futur simplement parce que nous avons à affronter ses conséquences pratiques dans le présent.

Je ne nie pas que le « colorisme » – généralement défini comme « les préjugés ou discriminations contre des individus à la peau foncée, souvent au sein d'un même groupe ethnique », mais qui signifie simplement que ceux à la peau plus claire ont la vie plus facile – soit bien réel, ni qu'il influence tous les aspects de ma propre vision des choses. Il l'influence en effet, et il a peut-être rendu ma démarche d'autant moins audacieuse, mais il ne me

1. Une hypothèse qui, bien sûr, devient impossible dès lors que j'ouvre la bouche.

définit pas. Ce n'est pas que je renonce à mon identité noire dans la vie de tous les jours ; c'est que je rejette la légitimité de toute cette construction raciale, dans laquelle l'identité noire fait office de principe directeur. Je pense que l'étudiant avec qui j'ai parlé pourrait – et devrait – rejeter la race lui aussi, car ce serait une erreur pour nous tous de réifier quelque chose qui s'est avéré aussi dangereux qu'illusoire. Cet exercice rhétorique est peut-être le plus évident pour les personnes au « métissage » visible et récent, mais j'encourage également les individus clairement « blancs » ou « asiatiques[1] » à faire la même manœuvre linguistique. Je ne suis pas naïf au point de penser que tout le monde *voudra* reconsidérer sa propre identité, mais je crois que lorsque de plus en plus de gens de bonne volonté essayeront de le faire – qu'ils soient blancs, noirs, ou n'importe quelle nuance entre les deux –, la rigidité de notre foi collective dans la notion de « race » s'assouplira d'autant.

En pensant à cet étudiant, je me souviens d'un autre homme à la peau foncée que j'ai eu la chance de connaître et d'admirer, Kmele Foster, un entrepreneur

1. La notion de race est le plus pleinement exprimée à travers l'opposition « noir-blanc », mais des termes aussi prétendument descriptifs que « asiatique », « personne de couleur » ou même « latino » s'effondrent également à la lumière de l'examen. Un « exemple extrême d'incohérence de la classification raciale dans le temps », affirme un document de travail du Bureau de recensement des États-Unis, est qu'une personne comptabilisée comme Indien d'Asie depuis 1980 aurait pu être classée dans trois catégories différentes par des recensements précédents : « Hindou » entre les années 1920 et 1940, « autre race » entre les années 1950 et 1960, et « blanc » en 1970.

et intellectuel basé à New York qui, pour une série de raisons rigoureuses et argumentées, refuse de s'identifier comme noir. Les métis, les Noirs à la peau claire, et d'autres qui n'ont pas à assumer tout le fardeau du biais racial, peuvent former l'avant-garde de ceux qui rejettent la race. Mais Foster, dont la femme et les enfants ont la peau tout aussi foncée que lui, démontre par l'exemple la possibilité pour nous tous d'adopter une posture intellectuelle imperméable à ce que le monde attend de nous. Bien sûr, la réponse la plus fréquente à ce genre de position est cette remarque dédaigneuse : « Oui, d'accord, c'est bien beau tout ça, mais attends un peu d'avoir un problème avec la police et tu verras à quel point tu es noir. » Je mesure la douleur brute et l'expérience historique qui motivent cette objection, et je ne dis pas que le système judiciaire pénal opère sans d'énormes préjudices (dont les pauvres sont de très loin les premières victimes). Mais cela ne constitue pas un argument pour autant ; c'est une menace, une référence à un événement qui n'a pas encore eu lieu. En soi, il est impossible de démentir une affirmation qui ne repose pas sur des faits. Pourtant, même si Kmele venait demain à être victime de profilage racial et de mauvais traitements, aussi terrible que soit cette expérience, il ne la verrait pas comme une raison fondamentale de revoir sa perception de lui-même, dans l'idée de mieux se conformer aux préjugés néfastes des racistes qui l'ont pris pour cible. Pas plus qu'il n'y aurait de sens à ce que j'accepte moi-même, vu les nombreuses fois où j'ai été profilé, détenu et interrogé dans les aéroports, de me voir à tort comme originaire du Moyen-Orient[1].

La vérité, c'est que les idées sont déterminantes. Notre langage, formel et informel, façonne notre réalité. La terminologie que nous employons, et que nous acceptons, est déterminante. L'image de nous-mêmes que l'on fabrique et que l'on tolère est déterminante, tout comme les histoires que nous récitons pour raconter à nous-mêmes et aux autres qui nous sommes, d'où l'on vient et où l'on pense aller. Si vraiment nous souhaitons réparer ce qui ne va pas dans notre société, il ne suffira pas d'adopter de nouvelles politiques ni même de nouveaux comportements, mais rien de moins héroïque que de nouvelles idées.

« La réparation de la société ne s'effectue pas à grande échelle, avance l'éditorialiste David Brooks, mais petit à petit, dans l'intimité d'une pièce, jusqu'à ce que ces choses-là s'accumulent et en viennent lentement à changer les normes – or les normes s'imposent, elles, à grande échelle. » Mon souhait, au sens le plus fondamental, est de montrer comment l'idée de race s'est délitée dans ma propre vie, dans l'espoir de déclencher cette réparation si nécessaire, seul à seul, peu importe la pièce dans laquelle vous vous trouverez. Peut-être alors emporterez-vous

1. Ce qui ne revient aucunement à dire que si je venais effectivement du Moyen-Orient, de telles occurrences de discrimination infondée seraient alors justifiées.

cette étincelle dans la pièce suivante, et ainsi de suite. Je n'ai pas honte de répéter aujourd'hui ce que j'ai répondu à cet étudiant lorsqu'il m'a fustigé. Je crois qu'il avait raison sur au moins un point fondamental : un certain degré de naïveté est la *première* chose requise si l'on souhaite un jour résoudre la tragédie du racisme dans un monde où les races n'existent pas. Nous savons déjà où peut nous mener une trop grande sophistication dans la perception de soi.

## PREMIÈRE PARTIE

## *La vue de près et de loin*

Je quittai la cafétéria, où mon frère Clarence jouait avec la petite voiture en bois qu'il avait appris à construire chez les scouts, et je m'engouffrai dans le long couloir qui menait aux toilettes. Le bâtiment était presque vide en ce samedi, et empli de cette légère anarchie qui plane lorsque l'école est au repos. Quand j'eus terminé, je me fis beau devant le miroir et, en sortant, je courus et sautai pour me balancer sur la barre fixe qui reliait les grilles en métal au mur carrelé. Pour un élève de CE2, ce n'était pas chose facile, et je savourai cet exploit athlétique même en l'absence de témoins. J'avais dans mes jambes cette détente qui me liait à mes athlètes favoris. Je me coiffais aussi comme eux, les cheveux rasés de près sur les côtés et légèrement plus longs sur le haut, tirés vers l'arrière, avec une fine bande taillée sur la gauche. Alors que je prenais mon impulsion, la porte s'ouvrit brusquement et Evan fit son entrée. Un élève de quatrième, l'aîné de trois frères blonds dotés de taches de rousseur, au style B.C.B.G. presque caricatural, et issu d'une famille catholique irlandaise plus proche du WASP[1] que les fils d'Italiens, de Polonais et d'Ukrainiens qui formaient la colonne vertébrale du corps étudiant de notre école paroissiale. Il me regarda descendre de la barre. Affublé de ses chaussures bateau et de son pantalon beige, Evan n'avait rien d'une présence intimidante, mais il était plus grand que moi, et il m'adressa un étrange sourire. J'allais le dépasser pour sortir, mais il m'arrêta, son sourire devenant menaçant. « Quoi ? » parvins-je à dire, troublé. Nous fréquentions la même école depuis des années, sans avoir échangé un seul mot. « Singe », murmura-t-il, toujours en souriant. Mon corps se glaça : on m'insultait – d'une hideuse façon, pouvais-je sentir dans son expression plus que dans ses mots – mais je ne comprenais pas précisément pourquoi. Je m'étais balancé comme un singe, c'est vrai, mais il ne s'agissait pas de cela. J'essayai encore une fois de le contourner ; il me bloqua à nouveau le chemin, se dressant au-dessus de moi, ce rictus toujours aux lèvres. « T'es un putain de petit *singe* », répéta-t-il d'un ton délibérément calme, et à ma grande surprise je réalisai, sans comprendre pourquoi, qu'il était soudain possible que la violence éclate, même si ce n'était qu'une inquiétude encore vague et improbable. Poussé par mon seul instinct, je forçai le

1. Le terme de White Anglo-Saxon Protestant (« Protestant anglo-saxon blanc ») désigne l'archétype de l'Anglo-Saxon, issu des immigrés protestants européens, dont la pensée a structuré une partie de la société américaine dès les premières colonies anglaises (*NdT*).

passage avec toute la détermination qu'un enfant de huit ans peut rassembler.

Cette fois-là, il me laissa partir, et je l'entendis rire derrière moi tandis que je retournais vers la cafétéria, le cœur battant à toute allure, le visage rouge, chauffé par la conscience de soi, et mon esprit inexpérimenté cherchant frénétiquement la signification de ce qui venait d'arriver. Je savais en tout cas que je ne pouvais rien raconter à mon père. Je voyais déjà sa réaction – assis à son bureau, il se lèverait du fauteuil en cuir où il passait la plus grande partie de ses week-ends et des jours de semaine, penché au-dessus d'un livre, à souligner, apprendre, se concentrer. « Allons-y », dirait-il d'une voix franche, avec ce regard distant, comme s'il observait quelque chose d'autre que moi ; en un rien de temps, il aurait atteint le placard de l'entrée et jeté son pardessus gris foncé sur ses larges épaules, les clefs cliquetant dans sa main puissante. Lorsqu'il pousserait la porte, avec moi sur ses pas, je pourrais être certain que son menton serait déjà légèrement abaissé, comme pour anticiper le coup qu'il esquiverait avant de contre-attaquer de toutes ses forces – peut-être plus fort encore que ce que la situation exigeait. Si je lui avais répété ce que ce garçon blanc m'avait dit dans les toilettes, Pappy aurait plongé dans une colère indescriptible, dont l'image me hante encore aujourd'hui. Il aurait perdu une semaine de travail et de concentration – c'était aussi sûr que deux et deux font quatre. Mais j'avais également conscience qu'il aurait été abattu de douleur, incapable de dormir, assis à son bureau dans l'obscurité, transporté dans son passé, se torturant face à cette preuve ignoble de ce qu'il avait suspecté : peu importe combien *lui* était fort, il ne le serait jamais assez pour protéger ses fils – en tout cas pas entièrement – de la déflagration psychologique du racisme américain, qui vient murmurer des obscénités aux petits garçons lorsqu'ils se retrouvent tout seuls. C'était un prix beaucoup trop cher à payer. Ce jour-là, et ceux qui suivirent, je me résolus à être assez fort pour le protéger, lui, de ces vérités-là.

La fureur qu'éprouvait mon père en songeant au passé, ainsi qu'à l'injustice ahurissante causée par des hommes minables, et même par leurs enfants, qui pensaient qu'ils avaient quelque chose de plus du seul fait de la couleur de leur peau et de l'aspect de leur chevelure, n'était pas quelque chose que je partageais entièrement. C'était plutôt un élément auquel j'avais appris très tôt à compatir, au plus profond de moi-même, et à anticiper du mieux que je le pouvais – la douleur fondamentalement impossible à communiquer de quelqu'un que j'aimais comme je m'aime, une douleur connue mais qui n'était pas la mienne. Je manquai un jour à ce devoir, par un magnifique après-midi d'automne où Pappy avait fait la route lui-même pour venir me chercher à l'école. Les trajets avec Pappy étaient particuliers, et ne ressemblaient pas aux autres. La radio restait éteinte ; il n'y avait pas

Hot 97[1], comme c'était le cas avec ma mère, pour rendre le moment moins formel et faire en sorte que je m'y sente plus à l'aise. À la place, il y aurait des questions très adultes, suivies de l'attente de quelque réponse mûrement réfléchie.

« Comment a été ta journée, mon fils ? »

Pappy semblait de bonne humeur. Il faisait chaud dehors. Il s'était douché et poudré le cou. L'odeur du talc et de la pommade, qu'il utilisait parfois pour se coiffer, adoucissait le vieux cuir de la voiture et dégageait à son contact un véritable parfum musqué. La voiture tournait mais nous n'avions pas encore démarré. Les élèves dont les parents n'étaient pas encore arrivés traînaient sur le trottoir, à l'ombre. On en vint à parler sport, cherchant les disciplines où j'étais doué, et celles qui pourraient m'intéresser. Le basket était mon grand amour, mais à cette époque le base-ball avait aussi son importance. « Et la boxe ? demanda Pappy. Il est temps que tu apprennes à boxer. Tu veux savoir boxer, n'est-ce pas ? »

Je sentis un certain degré d'approbation dans la manière dont il me regardait. J'étais maintenant assez grand pour être mis dans cette confidence masculine. Bien sûr, le développement intellectuel était primordial aux yeux de mon père, mais lui-même était loin d'être un

1. WQHT, plus connue sous le nom de Hot 97, fut l'une des premières radios de hip-hop aux États-Unis (*NdT*).

simple intello. C'était un homme d'un certain âge, élevé dans une certaine culture sudiste, et dont les goûts et les aptitudes avaient été façonnés en conséquence. Il était ravi que je ne sois pas uniquement bon à l'école, mais également prometteur dans les disciplines physiques. Ces deux dimensions devaient être cultivées ; c'était une évidence.

Le soleil me réchauffait à travers le pare-brise ; mon esprit se détendait et s'égarait en pensant déjà au moment où j'enlèverais mon uniforme pour enfiler ma tenue de basket et ressortir jouer aussitôt. Je me voyais déjà courant vers le terrain, et la gravité de la question de mon père m'échappa ; à cet instant, je l'avais pris à tort pour un interlocuteur différent, plus désinvolte. « Euh, je sais pas, Babe[1], répondis-je distraitement. Ça m'intéresse pas vraiment, la boxe.

— Ça ne *t'intéresse* pas vraiment ? Qui t'a dit ça ?

— Personne… Comment ça, *qui me l'a dit* ? »

Le visage de Pappy se figea. J'en garde un souvenir net : le moteur qui démarre, la vieille Benz qui fait demi-tour, et Pappy qui fait des gestes en direction des élèves blancs qui attendaient là. « Qui t'a *dit* de ne pas aimer la boxe ?

---

1. Nous appelons mon père « Babe » lorsque nous nous adressons directement à lui, un peu comme un « tu » face au « vous » que représenterait « Pappy ». Cela vient du fait que mon frère, quand il était enfant, entendait toujours sa mère appeler son mari « Baby », et en conclut que c'était son prénom. De la même manière, nous aurions très bien pu tous finir par l'appeler « Chéri ».

— Mais personne ! » Je ne comprenais même pas la question.

« Bon sang ! »

Je n'avais pas encore passé beaucoup de temps avec les autres garçons noirs que j'allais rencontrer et fréquenter plus tard ; des garçons venus de banlieues bien délimitées, en périphérie de la petite ville où j'habitais, et qui ressemblaient beaucoup à ceux des quartiers plus vastes, intégralement noirs, qui s'étendaient au-delà ; des garçons qui avaient l'air plus vieux que moi-même lorsqu'ils étaient plus jeunes, et qui se bagarraient souvent entre eux – avec dextérité, d'ailleurs –, à la fois pour rire et sérieusement. J'étais encore à quelques années de connaître tout cela, et la seule personne que j'avais jamais vue boxer était mon père. Je me souviens avoir senti, dans le cri qu'il poussa dans la voiture, une frustration profonde, vieille de plusieurs générations. Ainsi qu'une peur de nature possessive. Je ne me rappelle pas ce que j'ai bien pu lui répondre, ni quels mots j'ai dû bredouiller pour me tirer d'affaire et le calmer. Je me souviens en revanche de sa rage inattendue et meurtrie (qui, en réalité, semblait avoir très peu à voir avec à *moi* – ou, du moins, à ce que je pensais être), lorsqu'il s'écria, pour la première et dernière fois de ma vie : « Moi vivant, ils ne feront jamais de toi un Blanc ! » Et je me rappelle ce silence insoutenable pendant tout le trajet du retour, mon esprit ruminant l'idée que l'on puisse faire de vous quelque chose que vous n'êtes pas.

Peu de temps après, une fois la colère passée – car ces éruptions de crainte et de blessure raciales profondes surgissaient comme les crues éclairs en juillet, de manière aussi brève qu'inattendue –, j'allai voir mon père pour lui dire que je voulais apprendre la boxe. Son père n'avait pas été présent dans sa vie, et sa mère était décédée lorsque je n'étais qu'un nourrisson. Nous ne connaissions pas sa famille dans le Texas. De temps à autre, une fois par an ou moins, le téléphone sonnait et la voix de Pappy se faisait plus folklorique, plus lente, tandis qu'il discutait avec quelque relation pendant une heure ou plus. J'essayai de me représenter les visages de ces hommes et femmes fantômes qui, chose incroyable à mes yeux, savaient qui était mon père et de quel monde il venait – mais dont j'ignorais tout de la vie qu'ils menaient, malgré mes efforts pour me l'imaginer. « Oh, lui, c'est Untel de Detroit », disait ma mère, comme si cela m'aidait à comprendre quoi que soit. Quand Pappy raccrochait, quel que soit le lien temporairement tissé avec le passé, celui-ci disparaissait aussitôt de notre maison. Il ne faisait alors aucun doute que le sujet était clos. Parfois, quand je lui demandais comment il savait aussi bien se battre, il me répondait, avec un regard doux et mélancolique, que ses oncles de Longview le lui avaient appris. À ma connaissance, c'était l'un des rares souvenirs de jeunesse qui pouvaient susciter chez lui un sourire exempt de toute ambiguïté.

J'aurais dû comprendre à quel point la boxe était

fondamentale pour mon père, pour l'homme qu'il se voyait être dans ce monde. Aussi fondamentale que les livres. Après tout, comme pour les livres, cela se voyait tout autour de moi. La cave aurait pu être décorée par Cus d'Amato, le célèbre coach de boxe, si celui-ci avait eu un penchant littéraire. Nous avions un tapis de course, des vélos d'appartement et des appareils de musculation, en plus de ballons lestés, de bancs et de poids. Il y avait aussi un sac de frappe professionnel et une poire de vitesse dans le garage, ainsi qu'un kit complet de protections pour la tête et des gants Everlast rouge écarlate. C'est seulement en y repensant aujourd'hui que je me rends compte que mon père avait prévu de nous entraîner. Il y eut quelques leçons parsemées tout au long de mon enfance et de mon adolescence, des moments d'apprentissage attrapés au vol dans le couloir ou la cuisine, où il me montrait patiemment où placer mes pieds, comment incliner les épaules – baisser le menton, protéger le cou – et parer un coup. « Fléchis les genoux et garde les pieds plantés comme cela pour pouvoir contre-attaquer. » Pappy était inatteignable (du moins pour moi), toujours vif dans ses mouvements de mains, de tête et de torse, même à soixante ans et plus. J'ai des mains rapides, moi aussi. Mais là où j'étais longiligne, lui était compact. Sa mâchoire est plus ferme que la mienne. C'était magnifique de voir ce qu'il était capable de faire. Y a-t-il rien de plus beau que de regarder son père au sommet de son art ? Peut-être, me dis-je aujourd'hui, que ce plaisir n'est égalé que par celui de transmettre – et réellement d'*inculquer* – à vos enfants quelque chose qui fait partie de vous.

Une soirée émerge au-dessus du brouillard de mon enfance comme un piton rocheux aperçu depuis le hublot d'un avion. Pappy emmène à la cave le garçon maigrelet que je devais être à l'époque, lui enfile les gants, avant de mettre les siens. C'est une pièce austère, dont les fissures du sol carrelé laissent apparaître le béton sous-jacent – de loin la partie la plus brute de la maison. Au lieu du bois des étages supérieurs, les murs sont couverts de lourdes étagères en métal rassemblant le surplus de livres, entre lesquelles est disposé l'équipement voué aux entraînements. Il y a aussi d'épais haltères noirs en fonte et des barres chromées. Même le jour le plus chaud de l'année, l'air y est froid et humide. C'est un espace inconfortable, avec nulle part où s'asseoir. Vous êtes obligé de rester debout. Vous devez faire de l'exercice, ou prendre un livre et le lire. Si vous descendez dans la cave, c'est forcément pour vous y améliorer d'une façon concrète.

« T'es prêt ? demande-t-il, son accent texan soudain à peine plus perceptible – ou ma mémoire me jouerait-elle un tour ?

— Oui », répond le garçon dans mon souvenir.

Alors son père lui donne un premier coup, avec pas même une fraction de sa force réelle, mais sûrement pas celle d'un enfant de huit ou neuf ans. Il n'effectue que des *jabs*, des directs du bras avant, répétés en direction du menton, ce qui surprend le garçon, qui n'a jamais été frappé ainsi. Il n'a jamais été frappé du tout.

« Tu dois savoir comment encaisser un coup, comment le sentir sur ton visage, explique Pappy avec amour mais fermeté, sans plaisanter, au garçon dont l'esprit s'est mis à s'agiter. Comme ça, une fois que tu y es habitué, ça ne pourra jamais te prendre par surprise. » Abasourdi mais déterminé à gagner le respect d'un père invincible, le garçon hoche la tête, en rêvant d'être ailleurs. Il encaisse plusieurs directs à la mâchoire et au menton, l'imprécision des larges gants laissant l'un deux lui écorcher le nez, remplissant ses yeux de larmes salées.

L'avion de la mémoire poursuit son vol à toute allure, et le piton disparaît ; tout ce qui reste, ce sont les nuages. Je ne me rappelle plus comment cette séance s'est terminée – sur une note bonne, mauvaise ou neutre. Je sais que Pappy n'a plus jamais essayé de m'enseigner cette étrange leçon, et que je ne lui ai pas demandé de le faire. Il s'avère que je n'ai jamais acquis la discipline nécessaire à l'apprentissage de la boxe. Je ne dis pas que je n'ai pas appris, à travers mes expériences et mes erreurs, à livrer un combat. C'est plutôt qu'à partir de ce jour-là, j'ai acquis tout seul ce que j'ai su faire de mes mains par la suite, sans m'astreindre à aucune règle – précisément le genre de leçon de vie dont mon père méprise le manque de fiabilité et de rigueur. Même tout petit garçon, je compris alors que Pappy ne faisait que me témoigner l'attention la plus sincère. Je compris que, pour quelque raison que ce soit, mon père ne pouvait pas nouer de liens avec quelqu'un qui n'avait pas connu un certain degré d'inconfort dans sa vie. Pourtant, j'ai toujours soupçonné que Pappy n'aimait pas plus que moi les leçons en gants de boxe. Je ne crois pas qu'il ait vraiment voulu que je sois un jour *obligé* de compter sur mes mains.

Arrivé en quatrième, j'avais appris beaucoup de choses, y compris des manières d'exploiter mon *altérité*, quelle qu'elle fût. Et je n'avais peut-être jamais eu autant conscience de ma « race » que les fois où, à mon tour, je trouvais des occasions de terroriser le petit frère d'Evan, un blondinet qui n'a jamais compris ce qu'il avait fait pour s'attirer une telle haine de ma part. C'est aussi cette année-là que Pappy me fit asseoir et m'exposa mon premier choix déterminant pour le futur. Soit je pouvais aller à Delbarton, une école peuplée d'Evans aux pantalons saumon, dotée d'un niveau académique élevé et d'une équipe de basket d'élite – un établissement que nous ne pouvions pas nous offrir mais où Pappy pensait pouvoir m'obtenir une bourse ; soit je pouvais aller au bout de la rue, à environ 1,5 kilomètre de chez nous, au lycée régional de Union Catholic, qui n'était pas spécialement prestigieux ni pour les cours ni pour le sport, mais qui abritait une population glorieusement et indéniablement mixte, avec un corps étudiant pas seulement blanc mais également noir et latino. À mon jeune âge, avec la promesse de kilos et de centimètres à prendre, je caressais encore mon rêve de jouer pour une école de Première Division. Mais je n'eus pas même besoin de cinq minutes pour y réfléchir. Le jour même, je demandai à Pappy de m'inscrire à Union Catholic. L'explication tenait en partie aux hormones, bien sûr – mon père aurait eu beau me payer, je n'aurais jamais fréquenté une école de garçons. Mais il y avait aussi quelque chose d'autre en jeu. Je pouvais deviner, même à l'époque, que cette décision constituerait l'affirmation de mon identité raciale la plus significative de ma jeune existence. J'étais noir, et ce que je désirais plus que tout alors, c'était d'effacer toute ambiguïté et de joindre les rangs de la tribu dont le style de vie de mes parents m'avait presque entièrement préservé.

À travers toute mon adolescence – dont je passai une bonne partie sur les terrains de basket, ou planté devant Black Entertainment Television (et sans famille noire étendue, puisque mon père avait rompu tous les liens avec le Sud), avec une ferveur qui, avec le recul, ressemble beaucoup à celle du converti, ou au zèle des « born-again[1] » –, j'ai consciencieusement appris ma race et agi selon elle, comme le chouchou du professeur dans un cours de rattrapage sur la masculinité noire. En y repensant, ce qui me choque le plus est la pure artificialité de ma démarche. Les gènes que je partage avec mon père, qui m'ont frisé les cheveux et foncé la peau,

1. Les *born-again*, littéralement les *nés-à-nouveau*, désignent, dans le christianisme évangélique, des individus qui affirment s'être réconciliés avec Dieu (*NdT*).

ne portent pas en eux un ensemble d'attitudes prédéfinies. Tout ce que j'ai cru comprendre de la façon dont un « négro » devrait se comporter, je l'ai absorbé à la volée, en observant le monde artificiel et amèrement manichéen autour de moi. J'utilise le mot « négro » délibérément, non par fierté ni même par honte, mais de manière réaliste ; bien qu'il soit chargé des préjugés que Pappy rejetait, c'est néanmoins comme cela que mes camarades de classe et moi nous appelions, comme l'acceptation défensive de la façon dont les Evans du monde nous voyaient déjà négligemment – l'incarnation ultime, à de nombreux égards, de ce que beaucoup d'entre nous aspiraient ou se résignaient à être. C'est ainsi que les différences raciales étaient établies et articulées dans ma banlieue provinciale de classe moyenne. L'identité noire, telle que je l'habitais et telle qu'elle-même m'habitait, ne renvoyait pas tant à votre physique – certes, c'était souvent le *point de départ*, mais il n'y a pas de groupe d'Américains au physique plus varié que les « Noirs ». Il s'agissait plutôt de la manière dont vous parliez, dont vous vous habilliez, dont vous vous présentiez – de votre « être-au-monde », pour reprendre l'expression du philosophe Martin Buber. L'identité noire, c'était ce que vous aimiez, et ce qui en retour vous aimait ou, du moins, vous acceptait ; ce que vous jugiez insultant ou, plus exactement, les personnes pour qui votre présence constituerait une insulte. Les années 1990 ne resteront pas dans l'Histoire comme un moment politique particulièrement incisif dans l'histoire de l'Amérique noire. Au risque de généraliser, lorsqu'on la compare à l'ère « éveillée[1] » d'aujourd'hui, l'apathie juvénile de ma génération paraît scandaleuse. Mes amis et moi tendions à privilégier la forme au contenu, à valoriser l'inclinaison d'une visière ou le diamant d'une oreille. Pour nous, la fierté de notre race pouvait se résumer à rien d'autre qu'au rythme et aux capacités physiques, ou à la façon dont une personne arrivait ou non à fendre l'air ; c'était le souci permanent de l'indifférence, le subterfuge perpétuel de la nonchalance. En dépit de cela et de tout le reste, cette génération était fondamentalement *apophatique*, définie par ses manques supposés. Peu de choses sont plus américaines que le fait de se cacher derrière une terminologie raciale pour parler en réalité de la classe – ou, plus précisément encore, des manières, des valeurs et du goût. C'est pour cette raison qu'un ami italien de mon frère, plus âgé que moi et issu d'un milieu ouvrier, pouvait me dire bêtement, mais en toute sincérité, que mon père intello était « plus blanc » que son propre père, financièrement stable mais non éduqué ; c'est pour cela aussi qu'un caïd noir que j'avais rencontré pouvait entrer dans notre maison minuscule, jeter un œil à nos étagères, voir ma mère blonde joyeusement préparer un

1. « *Woke* », ou « éveillé », est un terme et mot d'ordre récent, qui désigne le fait de se rebeller contre les injustices dont sont victimes les minorités. Il s'oppose à la mentalité « cool » des générations précédentes (*NdT*).

goûter dans la cuisine exiguë, et déclarer malgré toutes les preuves du contraire, « Mec, z'êtes *riches*[1] ».

Une fois acclimaté à ma nouvelle vie à Union Catholic, j'eus la chance de trouver une fille qui fendait l'air exactement comme je le voulais. J'avais quinze ans, je débutais mon année de seconde et je la remarquais dans le couloir presque tous les matins, lorsque je me dépêchais d'aller en classe. Elle se baladait comme si elle était insensible à la fréquence de la cloche. Âgée de quatorze ans, elle était une année en dessous de moi, svelte, ni claire ni foncée mais de la couleur du teck poli, et soignée dans la façon dont elle portait sa jupe en tartan et ses chaussettes bleu marine, remontées jusqu'aux genoux. Elle était rebelle, aussi, avec ses Timberland non lacées et ses chaînes Gucci enchevêtrées autour du cou. Elle faisait des bulles avec ses chewing-gums roses et levait les yeux au ciel avec une exaspération feinte. Elle secouait ses cheveux rallongés par des extensions, roulait ses grands yeux marron jusqu'à ce qu'on n'en voie plus que le blanc bleuâtre, et jetait la tête en arrière dans un gloussement aigu avant de reprendre son sérieux. Elle dansait à merveille, comme une femme et non comme un enfant, et elle dégageait un formidable charisme à mettre simplement un pied devant l'autre. Elle

1. Je ne saurais exagérer le nombre de fois dans ma jeunesse où le simple enthousiasme de ma mère, et rien de plus, a été confondu en toute bonne foi avec sa « race », comme si le fait d'être blanc était à lui seul la manifestation ontologique de la bonne humeur.

avait beau ne parler que très rarement de son moi intérieur, et me sembler vivre plus près de la surface de la vie que n'importe qui que j'aie rencontré, elle exerçait tout de même un incroyable contrôle sur mon esprit en plein développement. Comme un coureur à la traîne qui s'efforce de rattraper le rythme d'un partenaire plus rapide, je faisais tout mon possible pour égaler son niveau de « coolitude ». Plus nous passions de temps ensemble, plus j'avais l'impression que Stacey me rendait entier – pas simplement de la façon dont tous les amants imaginent que leur moitié les complète, mais au sens littéral également : j'étais envahi par l'idée d'*augmenter* ma propre identité noire, sur le plan physique et culturel, et d'amoindrir toute dilution. Si elle-même payait cher pour avoir les cheveux lisses, j'aurais donné beaucoup plus encore pour que les miens – qui, quand ils étaient taillés de près, repoussaient en aiguilles sur mon crâne – puissent former des boucles aussi denses que les siennes. En Stacey, j'avais trouvé l'idéal platonique de celle qui, dans un futur distant et à peine perceptible, deviendrait ma femme.

Lors d'un de nos rares après-midi tranquilles, nous étions ensemble, nus sous les rayons de soleil qui ricochaient sur le miroir pour atteindre sa nuisette, nous serrant l'un contre l'autre et savourant non seulement cette douce étreinte juvénile, mais aussi l'image que la glace nous renvoyait. À cette époque, une telle proximité était une chose furtive, durement acquise, volée provisoirement au monde adulte, mais que l'on finissait toujours par rendre. À la différence notable de l'accouplement à l'âge adulte, l'occasion ne se présentait presque jamais de s'attarder, et de *regarder*. Mais ce jour-là était différent. Elle m'avait fait entrer en douce dans la maison de sa grand-mère – j'étais assez imprudent pour y aller alors même que sa grand-mère était gardienne de prison, et dotée d'une arme à feu officielle ainsi que d'un tempérament particulièrement irritable –, et nous avions quelques heures devant nous.

Elle tourna la tête vers moi, sa main posée sur mon épaule. Bientôt elle se mit à rire. « Quoi ? » demandai-je, encore dans un état semi-euphorique. « Négro, c'est quoi *ça* ? » s'écria-t-elle en gloussant, le pouce et l'index déroulant délicatement un unique poil incroyablement blond qui jaillissait droit de ma clavicule pour ensuite retomber mollement sur mon pectoral gauche, en scintillant sous le soleil de l'après-midi. Tendu au maximum, il était raide comme un piquet et mesurait quelques centimètres de long – le seul de ce genre que j'aie jamais trouvé sur mon corps[1] –, rien à voir avec les quelques taches blanches qui saupoudrent ma barbe aujourd'hui. Presque translucide et extrêmement fin, il avait la texture d'un fil en platine ou des cheveux de Targaryen dans *Game of Thrones*. Je ne l'avais jamais remarqué avant, mais j'eus beau l'arracher de nombreuses fois par la suite,

1. Adulte, j'ai mentionné l'existence de ce poil solitaire blond clair auprès de mon frère, qui m'a répondu qu'il en avait un lui aussi, et un seul, qui pousse directement sur son front.

il est toujours revenu, comme un vestige irrépressible de quelque gène viking – voire néandertalien – prenant son mal en patience, en attendant l'occasion de ressortir. Nous avons beaucoup ri, cet après-midi-là, en imaginant ce que mon corps essayait de dire, et je quittai la maison de sa grand-mère parfaitement satisfait de me penser « noir », bien qu'un poil blond platine de huit centimètres poussât sur ma poitrine. Je ne ressentis aucune envie de revenir sur le sujet avec elle, ni même dans mon propre esprit. On a tendance à ne pas penser à ce qui est latent, ou en quelque contradiction que ce soit avec l'idée de nous-mêmes que nous sommes conditionnés à projeter.

Je me demande souvent aujourd'hui ce qu'est devenue Stacey, et songe à quel point, à quatorze ans déjà, elle semblait n'avoir aucun sens de sa propre valeur. Je ne crois pas qu'elle ait su ce que cela faisait d'être aimé, y compris par sa propre famille. Je ne parle pas de subvenir à ses besoins, ni de la protéger jalousement, mais de l'aimer. À l'époque, je pus ressentir mais ne jamais formuler mon inquiétude d'une telle distinction. Elle n'était pas issue d'un milieu pauvre, loin de là – j'avais parfaitement conscience que sa maison était plus récente et plus grande que la nôtre – mais elle ne venait pas non plus d'une famille aimante. Ses parents étaient divorcés et remariés, occupés par leur travail et par leurs nouveaux enfants et partenaires. Stacey se retrouvait perdue dans la mêlée, et par conséquent négligée – des problèmes relativement communs qui transgressent les barrières de couleur et de classe. Mais il y avait quelque chose en plus.

À l'époque, je ne perdais le sommeil qu'à cause d'une seule pensée, que j'essayais le reste du temps d'enterrer profondément et d'ignorer autant que possible : le fait que Stacey se montrait réceptive devant beaucoup de garçons et d'hommes qui la courtisaient, et pas seulement devant moi. Depuis, j'ai compris que cela ne veut pas dire grand-chose en soi – en effet, la promiscuité elle-même n'est ni valorisante ni dévalorisante, elle existe, tout simplement –, mais même à ce moment-là, je ne parvenais pas à séparer son insécurité d'une autre donnée dont je prenais de plus en plus conscience, à savoir la façon dont presque tous mes amis et camarades de classe noirs semblaient puiser l'essentiel de leur estime d'eux-mêmes dans leur capacité à s'*éloigner* de ce genre de filles. La plupart d'entre eux déclaraient ouvertement vouloir exhiber à leur bras des Blanches ou des « Espagnoles[1] ». Pour quelques-uns d'entre eux, comme le soulignait Ant, mon voisin à la langue bien pendue qui fréquentait régulièrement ma cave pour soulever les poids de mon père et jaser après l'école –, c'était parce que les filles blanches, en tant que catégorie, avaient tout simplement tendance à faire des plus simples conquêtes, et

1. « Espagnol » était un terme remarquablement inexact, qui ne renvoyait presque jamais au fait qu'une personne ou sa famille soient effectivement venues d'Espagne.

parce que le manque d'adversité dans leur vie les rendait effectivement plus plaisantes. (Pour reprendre ses termes, la douleur intériorisée qui découle d'une longue histoire de familles déchirées, d'hommes déracinés et expédiés dans une cellule, dans une chaîne de prisonniers, ou simplement façonnés par les affres de la vie, peut laisser des traces loin d'être séduisantes.) Après une enfance surprotégée, elles n'étaient pas équipées pour affronter le genre d'errements dont les filles comme Stacey étaient conditionnées à devoir se méfier (et qu'elles provoquaient parfois elles-mêmes, pour parler honnêtement). Autrement dit, comme le concluait mon meilleur ami Charles : « Les meufs noires ont juste trop de galères, frère. Je les *comprends*, mais c'est pas un kiff. » Pour d'autres amis toutefois – et je pense qu'Ant (mais probablement pas Charles) entrerait aussi dans cette catégorie –, on pourrait difficilement affirmer qu'il n'y avait pas, à quelque niveau inconscient, la suspicion que les filles blanches – ou simplement à la peau claire – étaient *effectivement* mieux que toutes celles qui ressemblaient à leur mère, à leurs sœurs, voire à *eux-mêmes*. (Leur intérêt disproportionné pour les Portoricaines ou les Colombiennes, même issues des milieux les plus difficiles, en dit long à cet égard.) Ces corps plus clairs étaient à coup sûr un indicateur plus certain de leurs propres valeur et statut. Même dans ma plus tendre enfance, je sentais que c'était ainsi que ceux qui ne connaissaient pas mes parents devaient voir leur union – c'était cela qui motivait réellement les regards hostiles, sceptiques et parfois déplacés que nous attirions sur nous au restaurant, lorsque nous traversions la salle pour accéder à notre table. Je méprisais ce jugement et me rebellais contre lui avec chaque molécule de mon être.

Ce sentiment provient en partie du fait qu'aussi loin que je m'en souvienne, j'ai vécu avec cette terrible image de mon père se faisant réprimander par sa propre tante indigne, qui lui ordonna littéralement, alors qu'il était au lycée, de « ne jamais ramener à la maison une fille plus foncée que toi ». Cet instinct souvent inexprimé, mais pas systématiquement, est ancré dans la sombre logique des plantations, et trouve encore un écho dramatique chez de nombreux Noirs (et Blancs) aujourd'hui – bien qu'il puisse en même temps les consterner. Pappy ne m'a jamais parlé de ce à quoi mes petites copines devaient ressembler, pas plus qu'il n'a partagé ce triste souvenir avec moi. Il l'a raconté à ma mère, qui un jour me l'a transmis ; depuis, j'ai toujours eu de la peine en songeant à cette haine qui se retourne contre soi-même. Je me demandais pourquoi cette femme noire prêchait le même venin qu'avait coutume de cracher mon grand-père blanc – qui ne voulait pas, *lui non plus*, voir ses enfants ramener quiconque à la peau plus foncée que la leur.

Mais je connaissais aussi la réponse. À cette époque, je filtrais le monde à travers le voile de couleur que W.E.B. Du Bois nous a appris à concevoir comme la « double conscience » inhérente à la condition noire. Peu importe votre apparence – Du Bois lui-même n'avait pas franchement l'air africain –, être socialement reconnu comme « noir » signifiait se comprendre soi-même à un certain niveau, comme c'est le cas de tout le monde, c'est-à-dire simplement comme soi, mais, à un autre niveau, « mesurer sa personne au prisme d'une nation qui vous regarde avec mépris ». La tante de mon père voyait ses amies potentielles – et peut-être elle-même – à travers ce spectre hostile et étranger. Pour ma part, je voyais mes propres amies à travers un prisme retourné sur lui-même, réconfortant, avide d'entre-soi, et non d'évasion.

À mon arrivée à Georgetown, j'accrochai des photos de Stacey dans ma chambre d'étudiant, comme autant d'icônes qui feraient la publicité de mon authenticité raciale, et je mesurais les nouvelles femmes noires que je rencontrais, qu'elles viennent des classes moyennes ou de la petite bourgeoisie, à l'aune de celle-ci. Je ne savais pas du tout ce que je devais en penser, et leur présence me jetait dans un véritable conflit intérieur. Le déclin de ma connexion à Stacey, jumelé à l'impression illusoire d'avoir intégré, bien qu'indirectement, ce cercle restreint, au prix d'une scolarité ostensiblement plus difficile – comprendre « plus authentique », « plus noire » –, me permettait paradoxalement d'éprouver un sentiment de supériorité à l'égard de ces jeunes femmes. Tout comme mes voisins d'enfance qui pensaient que mon père était « blanc » et ma mère « riche », je confondais l'authenticité raciale avec le comportement et le goût, et je me complaisais dans l'idée que d'une façon ou d'une autre, j'étais moi-même plus « pur » qu'elles.

Je ne fus que le second à le remarquer, mais à mon retour de Washington, pendant l'été suivant ma première année d'étudiant, la vie universitaire m'avait changé. Stacey, qui à ma surprise ne s'était même pas donné la peine de passer les tests d'admission, termina le lycée et, comme le coyote dans les dessins animés, plongea la tête la première du haut d'une falaise. Nous nous dirigions désormais vers deux directions sociales différentes, non pas à cause des gènes ou de la mélanine, ni même des conditions matérielles, mais simplement du fait d'une longue série de décisions que nous avions prises et que nos familles avaient prises en notre nom. « J'y crois pas, ces vieux Blancs t'ont rendu chelou », railla-t-elle lors d'une sortie particulièrement désastreuse au centre commercial, où je m'achetai une paire de chaussures de ville au lieu de baskets. Peu de temps après, elle m'informa qu'elle était enceinte d'un homme qui l'entretiendrait grâce au revenu qu'il récoltait en vendant du crack. Elle quitta la maison spacieuse de sa mère et emménagea dans une HLM. J'étais dévasté, mais enfin résigné à l'impossibilité de sauver ce lien toujours plus difficile à maintenir. En me séparant de Stacey, je savais que je m'étais aussi séparé de cet aspect de notre interaction que je considérais depuis des années comme sublimant ma propre identité noire. J'abandonnai l'illusion qui me voulait plus authentique que mes nouveaux camarades. Pourtant, ce qui demeura – voire se renforça – en son absence, fut ma perception de moi-même comme un homme intrinsèquement noir, qui ne pourrait jamais être complet qu'aux côtés d'une femme « noire » elle aussi.

Durant ma seconde année à l'université, je rencontrai une fille qui ne ressemblait à aucune de celles que j'avais connues jusque-là. Betrys avait deux ans de plus que moi, la peau plus foncée de quelques tons sur le nuancier Pantone, et un chaos organisé de boucles autour du visage. Fille d'une mère italienne de Bolzano et d'un père nigérian (dont elle ignorait l'âge réel et avec qui elle s'était brouillée), elle avait grandi à Manhattan, au nord de Harlem, à quelques pas du Bronx, jonglait avec aisance entre l'anglais, l'espagnol et l'italien, et au moment où je la rencontrai, parlait aussi couramment japonais. Elle se présentait comme « noire », une description assez proche de la façon dont elle était perçue, même si le genre d'identité noire de mon père – qui n'était rien d'autre qu'un reste du Sud – demeurait chez elle un mystère, une énigme. Elle répétait que sa mère immigrée, qui avait rejoint la classe ouvrière de Brooklyn comme une adolescente qui ne parlait pas l'anglais, n'était pas du tout une femme « blanche » au sens où ma mère protestante avait le loisir de l'être. Nous n'employions pas ce terme à l'époque, mais ce qu'elle voulait dire, bien sûr, c'était que ma mère bénéficiait d'un « privilège » culturel dans notre société – et que cela la classait dans une certaine *race*, si bien que toute similarité strictement physique entre les deux femmes était nulle et non avenue, bien que leurs traits soient assez proches en réalité. À l'âge de dix-neuf ans, Betrys m'initia à l'idée que l'identité est une chose complexe, voire paradoxale.

Betrys était cultivée, mondaine, incroyablement honnête et pleine d'estime de soi. Elle affichait une conscience cosmopolite panafricaine que je n'avais jamais éprouvée moi-même[1], citant les paroles de groupes de hip-hop comme Black Star ou The Roots, concoctant de superbes festins de riz *jollof* et de bananes plantains frites, faisant référence comme si de rien n'était à l'œuvre de Chinua Achebe. Elle envisageait son identité noire comme une construction sociale, culturelle et politique à grande échelle, qu'elle acceptait entièrement, chérissant et embellissant les connexions et les richesses collectives qu'elle engendrait, sans jamais chercher à faire usage de ses liens avec l'Europe pour fuir ses difficultés. Mais il serait impossible d'en parler fidèlement sans souligner qu'elle avait l'une des perceptions de soi les plus particulières que j'aie jamais rencontrées. Elle n'était pas tant métisse que triple – une femme entièrement italienne, mais aussi complètement nigériane, et enfin totalement américaine.

Cependant, cette description est elle-même beaucoup

1. Mon père fait partie des Noirs qui descendent des esclaves du Sud, tout comme Albert Murray – mais aussi James Baldwin, cf. son essai sur les intellectuels africains à Paris, « Rencontre sur la Seine : le Noir et le Marron » *in Chronique d'un pays natal* –, qui s'est penché sur les aspects méconnus de l'expérience des Noirs américains.

trop abstraite : Betrys n'était pas simplement italienne, ni même italienne du Nord, mais elle descendait du peuple natif de la *Provincia autonoma di Bolzano* – Haut-Adige, une région montagneuse autonome du Tyrol du Sud, dont la capitale est Bolzano, située à la frontière avec l'Autriche. Par conséquent, elle ne se reconnaissait pas dans les habitudes alimentaires, les manières ni les pratiques culturelles des nombreux immigrés de Naples ou de Palerme qui peuplaient les quartiers italo-américains de New York et du New Jersey – pas plus que dans celles des immigrés des provinces chinoises de Yunnan ou de Sichuan.

« Ce n'est pas *du tout* de l'italien », me murmurait-elle en levant les yeux au ciel, comme si elle en souffrait physiquement à chaque fois que nous allions dans une charcuterie de Carroll Gardens, à Brooklyn, et qu'on y voyait quelque grand-mère fatiguée tronquer les dernières syllabes de mots comme *prosciutto* ou *soppressata*. « Ça fait mal à entendre ! » criait-elle une fois nos courses faites, de retour vers l'anonymat effervescent de Smith Street, avant de prononcer de son accent impeccable chaque lettre mélodieuse des mots qui l'avaient enragée. Ce type de distinction fut en soi une révélation pour moi, à une époque où je n'étais pas encore allé à Florence ou à Rome. Dans les charcuteries et les pizzerias de ma jeunesse, je n'avais jamais perçu la variété, et selon l'endroit ou le locuteur, la beauté protéiforme de la langue italienne. De même, Betrys n'était pas « nigériane » mais urhobo, à ne pas confondre avec yoruba – et la différence entre les deux était aussi essentielle, sinon plus encore, que leur similarité.

J'imaginais que je l'épouserais et que nos enfants hériteraient d'une immense diversité ethnique, mais qu'ils cocheraient inexorablement la case « Noir » de tout recensement ou formulaire d'inscription. Durant les premiers temps de notre relation, notre plan provisoire était de déménager au Japon dès mes études terminées, où j'enseignerais l'anglais et tenterais d'écrire de la fiction. Betrys était déjà diplômée et vivait à New York. Avant ma dernière année universitaire, je passai l'été dans la vallée de la Loire, à une heure de TGV au sud de Paris, essayant tant bien que mal d'acquérir le niveau requis en français, qui faisait tache sur mon relevé de notes. À mon retour à Georgetown, j'avais encore une unité de français à valider pour obtenir mon diplôme, et à ce stade, j'étais tombé amoureux de la France en tant que pays, mais plus encore en tant que concept ; c'était un contexte où je me voyais vivre en harmonie avec mon américanité. Cependant, je n'avais pas encore eu l'occasion de connaître intimement le moindre Français.

Ceci changea brusquement, sans que je m'y attende. À ce moment-là de ma vie, c'était à peine si je *voyais* les femmes blanches. Je n'avais rien contre elles ; à vrai dire, je côtoyais et j'aimais plus d'une d'entre elles, mais en tant que partenaires potentielles – comme de nombreux Blancs perçoivent ceux qui ne le sont pas –, elles n'avaient que très peu à voir avec la représentation que j'avais de moi-même ou de ce que j'aspirais à être. Clotilde, une étudiante en programme d'échange originaire de Nancy, parut d'emblée différente. Elle n'était pas dans notre promotion. C'était l'assistante de mon cours de français. Deux fois par semaine, pendant quarante-cinq minutes, elle martelait sa langue dans mon esprit. Il était impossible de l'ignorer lorsqu'elle me regardait dans les yeux, ou qu'elle tournait le dos pour griffonner des expressions au tableau. Il fallait lui répondre. Grande, blonde, la peau rosée, un visage dont ressortaient surtout les fossettes et les yeux bleus humides – elle aurait presque pu être le négatif d'une image de Stacey ou de Betrys. Mais le fait même qu'elle soit étrangère, jumelé à son accent, son odeur (Paco Rabanne, café et Marlboro Light), ses opinions politiques étonnantes (du moins pour mon esprit encore inexpérimenté) sur tous les sujets, de la Palestine au néo-capitalisme, ainsi que la façon frénétique qu'elle avait de fumer des cigarettes à la chaîne, le soir, ses mitaines retroussées pour ne révéler que les doigts – tout cela me donnait fabuleusement envie de la connaître. Avec son exquise particularité, elle déchirait le voile de couleur que j'avais laissé m'aveugler, volontairement ou non.

Au moment de Noël, l'absence avait déjà entamé la capacité de nos cœurs à communiquer, et ma relation à distance avec Betrys commençait à battre de l'aile. À ma grande surprise, ma relation passagère avec Clotilde m'avait tellement déstabilisé que je ne me battis même pas pour sauver mon couple. Au début de mon aventure avec Clotilde, je me sentais à la fois rongé par la culpabilité, fiévreusement libéré et paralysé par la peur : pour la première fois de ma vie, je remarquai une bifurcation sur le chemin de mon identité, qui jusque-là m'avait semblé plus ou moins droit et étriqué. Au plus fort de notre relation, Clotilde me mit en garde : nous n'étions que des « parenthèses » dans nos vies respectives, des leçons sur la route de ce que nous allions devenir. Quelques mois après l'obtention de mon diplôme, je me retrouvai dans un avion non pas pour Tokyo mais pour Paris, sans elle ni Betrys à mes côtés.

Durant mon premier séjour prolongé en France, il y a quelque seize ans de cela, quand j'enseignais l'anglais dans une ville industrielle du Nord, déprimée et déprimante, située à la frontière avec la Belgique, il m'arrivait souvent, en fin de soirée, de rentrer dans des kebabs où, à ma grande surprise, on m'accueillait en arabe, une langue que je n'avais presque jamais entendue. Durant mon enfance dans le New Jersey, les seuls Arabes que j'avais connus étaient deux frères égyptiens qui faisaient tout leur possible pour passer pour des Noirs. Un soir, le jeune Algérien derrière le comptoir m'ordonna tout naturellement : « *Parle arabe ! Parle arabe !** » Je restai là, à le regarder sans un mot. « Mais pourquoi tes parents ne t'ont pas appris à parler arabe ? » implora-t-il, d'abord dans un français que j'arrivais à peine à comprendre, puis dans un anglais approximatif et exaspéré.

« Parce que je suis américain, finis-je par répondre.

— Oui, mais même en Amérique, insista-t-il, pourquoi est-ce qu'ils ne t'ont pas appris *ta* langue ?

— Parce que je ne suis pas arabe, dis-je dans un rire hésitant, et pendant un instant il me fixa du regard.

— Mais tes origines, c'est quoi tes *origines* ?

— Noires, répondis-je, et je vois encore aujourd'hui l'incrédulité suprême qui transforma son visage. Mais *toi*, t'es pas noir, cria-t-il quasiment. Michael Jordan, lui il est noir ! »

Les Blancs non américains – et même, étrangement, les Blancs américains lorsqu'ils voyagent hors des États-Unis –, sont tout aussi insensibles aux différents degrés d'identité noire. Je n'oublierai jamais le jour où, lors de mon premier voyage à Paris, dans le cadre de ce programme d'études à l'étranger, des amis et moi avions acheté des glaces derrière Notre-Dame. Nous nous étions assis à une table près de la Seine, et un touriste américain blanc qui nous avait entendus parler confessa qu'il avait le mal du pays et demanda s'il pouvait se joindre à nous. Il était très sympathique, et plus jeune que nous. Je ne me rappelle pas le détail de ses propos, mais il plaça très vite une mauvaise blague sur les Noirs. Quand aucun de nous ne rit et qu'un ami lui expliqua son erreur, il devint écarlate, et répondit en guise d'excuse qu'il avait simplement supposé que j'étais « méditerranéen ».

La possibilité de ne pas être *vu* comme on le serait dans son propre pays était bien sûr un argument de poids, au siècle dernier, pour un certain nombre de Noirs américains, surtout des GI's et des artistes mais d'autres aussi, qui y trouvaient un incroyable degré de liberté vis-à-vis des discriminations raciales. Toutefois, pour une bonne partie de ces expatriés, ce n'était pas que la couleur de leur peau passait inaperçue – loin de là. C'était plutôt que cette couleur, même lorsqu'on la remarquait, portait un ensemble fondamentalement différent de significations, et était dénuée d'autres. Depuis longtemps, la France fait office de sanctuaire pour les Noirs américains – ce qui n'est pas le cas des Noirs africains et caribéens –, parce qu'à la différence des États-Unis, justement, nous y sommes perçus avant tout comme américains, et non comme noirs[1]. Cela

1. L'idée que les gènes se traduisent en une identité raciale ou une réalité sociale univoque est fausse. Dans une étude fascinante publiée par le *National Geographic*, des scientifiques ont rassemblé des dizaines d'inconnus aux caractéristiques génétiques similaires, « afin de commencer à renverser l'idée que les gens puissent être entièrement catégorisés selon des races distinctes ». Ils s'arrêtèrent sur six femmes et hommes dont les tests ADN « révélaient quasiment le même héritage "racial", à savoir : 32 % Europe du Nord, 28 % Europe du Sud, 21 % Afrique subsaharienne et 14 % Asie du Sud-Est/Afrique du Nord ». « Nous nous sommes contentés de regarder les chiffres, raconte l'anthropologiste Miguel Vilar, le directeur scientifique du projet Genographic. Les individus avaient beau paraître identiques sur un diagramme circulaire, ils ne se ressemblaient pas du tout entre eux et s'identifiaient très différemment sur le plan ethnique et racial. »

« Malgré ce passé génétique commun, explique l'article, chaque participant s'identifie différemment, certains comme noirs, d'autres comme blancs, métis, ou autres. Si on les observe en tant que groupe, la construction raciale s'évanouit d'un coup, avance Vilar, car les chiffres ne se transposent pas directement en une identité raciale précise. »

Tiré de l'article « L'étonnante façon dont la salive a rassemblé ces six inconnus », par Elaina Zachos, *National Geographic*, avril 2019.

aussi fut une révélation pour moi : l'idée que la race n'était pas intrinsèque ou immuable, mais quelque chose de fluide, illusoire et imposé, une « image rémanente », pour reprendre les mots du sociologue britannique Paul Gilroy, « un effet persistant, à regarder les choses avec trop de négligence à travers le spectre néfaste » des conflits et des préjudices du passé. La race dépend non seulement de *qui* nous sommes mais, de manière déterminante, de *l'endroit* où nous nous trouvons. Comme le veut l'adage sur la politique, toutes les races sont *locales*. Un constat cohérent avec la réalité biologique fondamentale, dans laquelle il n'existe pas, sur quelque niveau scientifique mesurable, plusieurs races distinctes de l'espèce *Homo sapiens*. Pourtant, selon nos orientations géographiques et culturelles, nous tirons tous des conclusions sur les autres et sur nous-mêmes, à partir d'un ensemble de traits physiques, d'un langage, de mœurs et d'une nationalité, qui sont tous dépourvus d'un sens fixe et universel. C'est cette dimension fongible de l'identité personnelle qui confère au voyage un caractère aussi libératoire (ou, inversement, oppressif). Hors des confins des États-Unis, je prenais conscience du fait stupéfiant – et parfois déstabilisant – que nos identités ne sont qu'une négociation permanente entre l'histoire que nous nous racontons à nous-mêmes et celle que nos sociétés aiment à réciter, entre le visage que nous voyons dans le miroir et l'image reconnue par les personnes et les institutions qui nous entourent.

À mon retour à New York, après avoir passé un an

à enseigner l'anglais en France, ma relation avec Betrys reprit, et je mis presque entièrement de côté ces questions d'identité. Au cours des quatre années suivantes, je replongeai dans le confort d'une idée préfabriquée de moi-même, qui n'exigeait pas une grande dose d'examen ni de scepticisme. Nous étions un couple noir, et nous nous percevions ainsi – même quand nous allions déjeuner avec nos deux mères blanches. Cette simplicité apparente était extrêmement complexe et forcée ; elle représentait à mes yeux le signe probant de mon retour au pays.

## DEUXIÈME PARTIE

### *Un mariage mixte*

En 2008, âgé de vingt-six ans et toujours en doctorat à l'université de New York, je reçus une avance relativement importante pour écrire mon premier livre, un mémoire sur mon accession à la maturité. J'avais beau avoir travaillé sans relâche pour l'obtenir – à vrai dire, j'avais travaillé comme si ma vie en dépendait –, l'expérience ne ressembla en rien à ce que j'avais prévu. Du jour au lendemain, je me retrouvai soudain en possession d'une liberté totale – le travail était à rendre quatorze mois plus tard. Dès que j'eus terminé les cours, je décidai que toutes mes activités étaient mobiles. Cela arrivait comme une véritable libération après une série de revers personnels. Je vivais sans adresse fixe à Brooklyn – ma relation avec Betrys était définitivement terminée – et le fait d'écrire un livre autobiographique signifiait que je passais une bonne partie de mes journées à revivre des souvenirs d'enfance. Quand je refermais mon ordinateur, l'altérité était ce dont j'avais le plus envie.

Je passai l'automne à Paris, empruntant le studio propret d'un ami qui vivait derrière Montmartre, dans le

18e arrondissement. Je n'avais certes pas l'impression d'avoir échoué en Mongolie du Nord, mais tout dans la vie en Europe me semblait étrange, en comparaison avec le cadre de mon enfance. Ce furent des jours magiques et enivrants. Une citation de Roberto Bolaño, que j'avais soulignée et recopiée dans un cahier de l'époque, donnait le conseil suivant : « Écris le matin, retravaille l'après-midi, lis le soir, et passe le reste de ton temps à exercer ta diplomatie, ta discrétion et ton charme. » Voilà exactement ce que je me donnai pour mission. Les rues de Paris, que j'avais d'abord découvertes avec le recul d'une ignorance bienheureuse durant mes années étudiantes, se dévoilaient désormais une par une à l'âge adulte. C'était grisant. Je n'étais plus un étudiant coincé dans les pièges à touristes du Quartier latin ou de Bastille. Quand on me demandait ce que je faisais là, je pouvais répondre honnêtement, même si je n'y croyais pas tout à fait encore, que je travaillais comme auteur à l'écriture d'un livre – « *je suis écrivain** » –, une vocation que les Français, à la différence de beaucoup d'Américains, semblent fondamentalement disposés à valoriser.

À cette époque, je cherchais et trouvais tout un tas de choses – dans les salles de restaurant, les visages croisés et les amitiés –, qui s'avéraient, du moins à mes yeux, complètement insolites. Mieux, je passais énormément de temps seul, à errer, rêvasser, étudier, improviser, revisiter des aspects de moi-même dont j'avais perdu le fil. La vie était difficile comme peut l'être la musculation (où la tension génère la croissance). Autrement dit, elle était d'une discipline gratifiante. Nous n'étions pas dans le New Jersey, ni même dans ce coin cosmopolite de Brooklyn auquel je m'étais habitué, et où les jeunes écrivains aux dents longues passaient leurs journées à comparer nerveusement leurs agents et leurs publications, jusqu'à ce qu'ils se retrouvent tous rongés par la jalousie et l'angoisse ; nous étions dans un vieux pays et dans sa capitale effervescente, on pouvait aisément échouer dans un cinéma de la Rive gauche, un soir de semaine, et tomber sur une adaptation de *L'Étranger* par Visconti, de 1967, sans qu'il y eût rien d'anormal à cela. Lorsqu'une amie suisse me proposa d'aller voir le film avec elle, elle n'émit aucune hypothèse sur ce que je pourrais trouver intéressant ou non en fonction de la couleur de mes ancêtres. Je crois que je fus marqué pour toujours par cette soudaine *tabula rasa* existentielle. Chaque film, livre et conversation avait le pouvoir de changer ma vision des choses ; or j'étais avide de nouvelles expériences. L'évolution de ma perception de moi-même et de ma place dans le monde se trouvait coïncider avec un moment politique extraordinaire dans l'histoire de l'Amérique. À mon retour à New York, je déposai mes affaires, élus résidence sur le canapé de mon ami Josh, et me portai volontaire afin de faire du porte-à-porte pour la campagne d'Obama à Philadelphie.

Ce n'était pas la première fois que je faisais du bénévolat. L'hiver précédent, après qu'il eut battu Hillary Clinton aux primaires de l'Iowa, je m'étais senti submergé par un idéalisme encore inconnu et que je ne m'imagine pas revivre un jour. C'est un souvenir presque embarrassant aujourd'hui, mais comme tant de monde autour de moi à l'époque, j'ai cru véritablement, bien que temporairement, que Barack Obama constituait la réponse non seulement à la situation politique déprimante de notre nation, mais aussi à la question de notre épanouissement racial. Un éditeur à qui je venais présenter mon manuscrit suggéra en plaisantant à moitié que je devrais l'intituler *Barack Is the New Black*. Cela paraît aujourd'hui d'une naïveté insupportable, mais à l'époque, du moins dans le quartier de New York où j'habitais, le potentiel post-racial (non ironique) d'Obama semblait incontestable et contagieux. Mon premier rappel à la réalité – ou plutôt, cette première preuve que le fléau racial qui frappait la vie de notre pays nécessiterait une action à bien plus grande échelle – se manifesta par une aube froide à Manhattan, peu avant les primaires des États du littoral médio-atlantique (soit ceux de New York, du New Jersey et de Pennsylvanie), alors que Josh et moi étions passés chercher notre ami Kaspar dans une Toyota Corolla de location, avant de prendre la route vers le sud sur l'autoroute 95. J'avais passé la nuit scotché devant CNN, scrutant en parallèle tous les blogs politiques, trop excité pour dormir. Kaspar, un banquier d'investissement allemand issu de la campagne hambourgeoise qui, en même temps que son patron très aisé, commença très tôt à collecter des fonds pour Obama, et Josh, mon meilleur ami juif de l'université, étaient au moins aussi captivés que je l'étais. Nous n'avons même pas fait de pause-café avant d'avoir dépassé le Delaware Water Gap.

Quatre heures et trois *caffè latte* plus tard, on arriva surmotivés au QG de Barack Obama, à Baltimore, prêts à faire du porte-à-porte dans toute la ville. On nous donna des blocs-notes, des listes d'adresses, des fiches d'enregistrement et des piles de prospectus intitulés *Change We Can Believe In* (« Le changement auquel nous pouvons croire »). De quoi d'autre pourrions-nous bien avoir besoin ? pensais-je alors que nous remontions dans la voiture et inscrivions la destination dans le GPS. Après une série de virages rapides et un aperçu du stade de base-ball de Baltimore, je pris à droite sur la North Decker Avenue et m'arrêtai devant une maison délabrée aux fenêtres condamnées, qui semblait crouler sous son propre poids. J'eus un sentiment de déjà-vu, comme si nous avions atterri dans une rediffusion de *The Wire* : des caméras bleues et blanches de la police de Baltimore pendaient aux intersections comme des baskets suspendues aux lignes téléphoniques ; des enfants en âge d'être au collège faisaient le guet sur le perron, en avalant des Cheetos ou des Pringles en guise de petit déjeuner ; une discussion agitée sur l'altercation de la nuit précédente nous parvenait depuis les marches du porche voisin ; et deux portes d'entrée semblaient avoir été perforées par le bélier de la police.

Nous avons grimpé les marches d'un perron en béton brut et sonné à la porte. Une femme enrobée, en sweat et chaussures Timberland, déverrouilla le loquet et positionna la porte défensivement entre elle et nous, comme un bouclier sur gonds. Elle jeta un regard sur nous trois. On lui dit que nous souhaitions parler à Jennifer au sujet du vote de mardi. « Jennifer est pas là, répondit-elle. Mais je lui dirai que les gars du sénateur Borama sont passés. » Nous l'avons remerciée.

Lorsque nous nous sommes attaqués à l'autre côté de la rue, un homme torse nu, une dent en moins, la peau tatouée dans un mélange de vert émeraude et de marron, nous interrompit en plein dans notre discours, et se retourna pour appeler dans la maison : « Eh oh, ramenez-vous, les mecs de Jésus sont revenus ! » (Les seuls Blancs que nous avions croisés dans le quartier étaient des groupes de missionnaires itinérants.) « Non, non, expliquai-je, on n'est pas là pour Jésus, mais pour le sénateur Obama.

— Qui ça ? fit-il d'un œil suspect.

— Barack Obama. Il y a des primaires très importantes dans le Maryland ce mardi, on peut compter sur votre voix ?

— Je suis un repris de justice, tu vois ce que je veux dire ? Personne peut voter ici. »

Je ne sais pas pourquoi j'étais aussi peu préparé à une telle réponse. Je consultai mon bloc-notes à la recherche des directives. Il y avait une case à cocher pour « Penche pour Obama », une « Républicain », une « Penche pour Hillary », et une « Indécis ». Mais il n'y en avait aucune de prévue pour « Définitivement privé de ses droits », et bien sûr rien dans mon expérience personnelle ne m'y avait préparé.

Alors que nous repartions, la femme aux Timberland nous fit un signe, en agitant sa cigarette allumée comme un agent de piste sur le tarmac. « Écoutez, Jennifer, c'est moi, reconnut-elle. Je pensais que vous étiez flics. Faites-voir ce que vous distribuez, là. »

Je lui donnai un dépliant, qu'elle examina un instant.

« Attendez deux secondes, ce Borama, là, il est noir ! »

Tandis que nous traversions East Monument Street, une femme tremblotante en pyjama et manteau noir passa devant nous en traînant les pieds, acheta un flacon de crack à quelques adolescents et disparut derrière un immeuble. On détourna le regard. L'un des dealers, un garçon de douze ans tout au plus, appela dans notre direction : « Vous perdez votre temps, les gars, y a personne qui habite là. » On le remercia avant de passer aux maisons suivantes. On sonna encore à des dizaines de portes, où l'on fut accueillis par des dizaines de regards ahuris. On parla à des enfants de six et sept ans, qui étaient incapables de dire avec certitude si un certain Kenny habitait effectivement chez eux. On tendit notre paperasse à un vieil homme qui sentait la bière et qui, en posant les yeux sur la photo d'Obama, fut pris d'une telle excitation qu'il courut en plein milieu de la rue, et se mit à crier la bonne nouvelle aux voitures qui passaient. Quelques minutes plus tard, on vit le même homme retourner dans le magasin de spiritueux, en ressortir un sac en papier marron à la main, et continuer à se soûler. On aperçut beaucoup de choses ce jour-là – l'espoir et le changement n'en faisaient pas tout à fait partie.

Après avoir prudemment rejoint la voiture, on arriva devant une autre maison, dont une jeune femme mince aux longues tresses et à la braguette ouverte ouvrit la porte. Elle n'avait pas de haut. « Avez-vous un moment pour Barack Obama ? » demandai-je, tout en me forçant à maintenir un contact visuel. Elle répondit oui et resta figée dans l'entrée, le regard vide, comme si elle nous écoutait au ralenti – à imaginer que ce soit possible. Une minute s'écoula, peut-être deux, pendant que nous avancions nos meilleurs arguments. La femme sourit et hocha la tête tout du long, puis regarda vers le bas – consciente pour la première fois qu'elle était torse nu –, et fonça vers sa chambre. Un instant plus tard, elle ressortit dans un débardeur moulant.

« Eh bien, peut-on compter sur vous pour mardi ? demanda-t-on pour la centième fois ce jour-là.

— Bien sûr, dit-elle en serrant son haut contre sa poitrine. Y a quoi mardi ? »

On décida que la journée était terminée. En retournant à la voiture, sonné par la frustration, je me souvins de ma mère me disant un jour que la pauvreté, la vraie, n'était rien d'autre que le sentiment permanent que rien ne fonctionne jamais. J'étais épuisé. Les paroles de ma mère se mélangeaient dans mon esprit avec celles de

Marlo dans *The Wire* : « Tu penses que c'est comme ci, mais c'est comme ça. »

À notre retour au siège de campagne, je m'écroulai sur une chaise pliante et me mis à réunir toutes les réponses sur ma fiche. Un autre volontaire, étudiant en droit à Washington, s'assit et me demanda comment la journée s'était passée. « Ce serait une surprise, dis-je en faisant signe à mes amis, que notre trio ait remporté ne serait-ce que trois votes pour mardi. »

Je lui demandai si sa journée avait été différente.

« Eh bien, pour tout t'avouer, ça s'est beaucoup mieux passé qu'en Caroline du Sud. C'était assez déprimant là-bas.

— Et ici, c'était mieux ?

— Ouais ; en Caroline du Sud, j'ai rencontré un homme qui n'avait jamais entendu parler du président.

— Waouh, il connaissait pas Bush ?

— Non, il n'avait jamais entendu parler de la fonction présidentielle. »

Aujourd'hui, en resongeant à cette virée, je me rends compte qu'aucune des personnes que je rencontrai dans ces rues de Baltimore – dont certaines auraient certainement remarqué que j'étais « métis », et donc « noir » – n'aurait éprouvé le moindre sentiment de similitude entre nos identités respectives. Aux yeux d'un observateur extérieur, lequel des deux groupes semblerait le plus acceptable et le plus authentique ici ? Et lequel paraîtrait factice et artificiel ? Dix ans plus tard, alors que Josh et moi étudiions ensemble, il fit au cours du *spring break*[1] un commentaire furtif sur les « gringos[2] comme nous », auquel je répondis : « Parle pour toi, mec, je suis pas un putain de gringo ! » Il me regarda dans un bref moment d'incompréhension, mais reformula poliment la même idée en : « les gosses de fac comme nous », ce qui faisait toute la différence à mes yeux. Je m'étais violemment opposé à sa catégorisation à l'époque, et il me fallut beaucoup de temps pour en saisir la logique. Mais ce jour-là, à Baltimore, cela paraissait plausible, voire indéniable. J'étais en tout état de cause un gringo sur ces marches de perrons délabrés, parce que des concepts raciaux figés et illusoires se confondaient trop souvent avec la notion de classe – et, à vrai dire, avec ce qui ressemble fortement à un capital social ou relationnel. Ai-je vraiment besoin de prétendre que nous soyons tous unis, et socialement indiscernables, pour ne pas renier mes ancêtres africains, et honorer le vécu de la famille de mon père ?

Que ces hommes, femmes et enfants aient pu voir dans mes traits une essence commune que Josh et Kaspar ne partageaient pas – peu importe la toile socio-historique plus large qui nous réunissait au sein d'une même catégorie de couleur –, semblait une question terriblement

1. C'est-à-dire le congé de printemps, censé permettre aux étudiants de réviser leurs examens, mais dont ils profitent souvent pour se relaxer et voyager (*NdT*).

2. Mot d'argot espagnol et portugais qui désigne les étrangers, surtout des pays anglophones, et en particulier les Américains (*NdT*).

hors de propos, étant donné tout ce qu'ils devaient endurer alors, et qu'ils devraient inévitablement affronter plus tard. Je ne sais que trop bien que les récentes études longitudinales révèlent que la richesse et les privilèges demeurent bien plus fragiles pour ceux jugés noirs que pour ceux autorisés à rester blancs aux États-Unis (ou simplement non noirs) ; cela pour toute une série de raisons probables (dont certaines sont peut-être auto-infligées, et auto-entretenues ; c'est un autre débat), sachant que même les enfants de parents noirs issus de la frange la plus haute restent à la traîne de façon disproportionnée, ou luttent simplement pour ne pas couler. D'un point de vue intergénérationnel – et même, probablement, aussi longtemps que dureront nos existences passagères –, je sais que ma position est statistiquement moins stable que celle de Josh ou de Kaspar. Pourtant, les opportunités professionnelles, les distinctions de classe et de goûts, les performances éducatives, la mobilité géographique, et peut-être de façon aussi essentielle que tous ces facteurs combinés, les blessures et barrières psychologiques – ou l'absence de celles-ci – me paraissent bien plus révélatrices de la condition de toutes ces vies que nous avons croisées, que les caractéristiques ethniques, nationales ou biogénétiques qui nous ont réunis ou divisés les uns les autres.

« Qu'ai-je en commun avec les autres Juifs ? » demanda Kafka dans son *Journal*. Ce n'est pas le genre de questions que l'on est censé se poser à haute voix. Bien sûr, il existait des forces sociales flagrantes – et des modes de pensée – qui dépassaient tout contrôle individuel et qui le rattachaient, qu'il le veuille ou non, à de nombreux autres hommes et femmes désignés comme juifs dans la société où il vivait. Et il ajouta cette précision : « Je n'ai déjà pas grand-chose à voir avec moi-même [...]. » Mais ceci ne rend pas la question initiale indigne d'une sérieuse attention. Et bien que j'admette que les membres de groupes « raciaux » partageront souvent certains aspects de leur apparence, de leur culture et de leur tradition, cette donnée n'est certainement pas garantie[1]. Je suis certain d'avoir ressenti quelque chose de profondément ancré dans mon identité « noire » – peu importe à quel point celle-ci est le fait d'une construction sociale –, quelque chose que Josh et Kaspar n'auraient pas pu percevoir dans ces rues surréalistes et désolantes de Baltimore. Mais il n'était pas évident de savoir précisément quel était ce terrain commun – qui définirait donc les limites de ma vie et de mon éthique personnelle. Je dis « éthique » car je suis profondément convaincu que tout ce que nous estimons nous devoir les uns aux autres doit transcender les groupes identitaires retreints, et prendre racine dans des valeurs qui

1. « Les Juifs pour Jésus », le mouvement du « Blexit » (ou « fuite de l'identité noire ») de Candace Owens, et le cas de Rachel Dolezal, l'ancienne dirigeante « transraciale » de la NAACP, célèbre pour s'être fait passer pour une Noire alors qu'elle ne descendait que d'ancêtres européens, me viennent tous immédiatement à l'esprit, comme quelques-uns parmi les exemples les plus extrêmes de la capacité illimitée qu'a l'homme de surprendre.

aspirent à être universelles (un terme en soi orienté, j'en ai conscience, mais qui reste le meilleur possible), pour peu qu'elles aient un sens : comparé à Kaspar et Josh, je ne devrais pas me sentir plus perturbé ni concerné par la misère apparente de Baltimore du seul fait de la portion de mon diagramme circulaire 23andMe (le test génétique accessible à tous) qui révèle une ascendance africaine, ni même à cause du conditionnement social résiduel auquel j'ai pu être exposé à travers la lignée de mon père. Pas plus que Josh et moi ne devrions éprouver une affinité qui resterait fondamentalement inaccessible à Kaspar par le simple effet de notre citoyenneté américaine partagée. Ces deux cas de figure sont autant de manifestations d'un genre de communautarisme profondément imparfait mais bien trop humain, dont les sociétés démocratiques et multiculturelles auront inévitablement à se débarrasser si elles veulent accomplir leur promesse et leur potentiel. D'une façon ou d'une autre, il nous faudra réussir à faire fonctionner cette réalité multi-ethnique ; et l'un des grands projets intellectuels qui nous attend – aux États-Unis et ailleurs – sera de développer une vision de nous-mêmes assez forte et assez souple pour reconnaître l'importance sous-jacente des groupes identitaires dont on hérite, tout en s'efforçant d'atténuer, et non de renforcer, la mesure dans laquelle nous laissons ces identités nous définir.

La seconde fois où je fis campagne pour Obama, il était déjà en bon chemin vers la Maison Blanche. Un samedi,

Josh – je vivais toujours sur son canapé – et moi-même avions pris le bus de Manhattan jusqu'à Philadelphie, où nous avions été affectés à quelques immeubles précaires de Fishtown, le quartier qui inspira une partie du livre de Charles Murray, *Coming Apart*, relatif au déclin de la classe ouvrière blanche. Ce fut la première et dernière fois que j'aperçus ce que je pourrais seulement décrire comme une tension urbaine blanche, qui s'avéra aussi révélatrice et étrangère à mon esprit que ce que j'avais vu des mois plus tôt dans la ville noire de Baltimore. Les rues avaient l'air tout aussi menaçantes, sinon davantage – si nous étions des étrangers à Baltimore, objets d'une curiosité modérée ou d'un désintérêt pur et simple, nous étions ici la cible d'un dédain affiché. Aux yeux des adolescents désespérément las qui fumaient et traînaient sur leur perron, nous n'étions pas des « mecs de Jésus » inoffensifs, mais l'incarnation de quelque libéralisme pervers et efféminé, dont ils avaient probablement aperçu le genre à UPenn, l'université de Pennsylvanie, de l'autre côté de la ville, ou qu'ils avaient vu descendu en flèche sur Fox News et qu'ils avaient appris à mépriser. À travers leurs visages moqueurs, et parfois leurs paroles agressives, nous avons pris conscience que ces personnes – dont la vie et les perspectives économiques étaient les preuves vivantes de la chute de valeur de l'identité blanche, en tant que catégorie raciale – ne voyaient pas l'arrivée d'un président noir comme un quelconque signe de *progrès*. Certains des plus acariâtres jetèrent même nos dépliants par terre avant que nous ayons terminé notre rengaine. Toutefois, le quartier n'était pas uniforme. D'autres trouvaient Obama séduisant. Il s'agissait en général de femmes et de résidents plus âgés : des adultes de la classe ouvrière qui soutenaient les démocrates pour leur programme, peu importe leur couleur de peau. Je n'oublierai jamais le spectacle pathétique d'une certaine femme obèse aux cheveux blond cendré, qui ouvrit la porte avec des tuyaux d'oxygène dans le nez, et accepta aimablement de voter le mardi suivant, avant de prendre Josh à part et de l'implorer de l'aider à conserver sa couverture sociale. Elle avait été licenciée et allait bientôt perdre toute protection. « Pouvez-vous faire ça pour moi – pouvez-vous demander à Obama de le faire ? » Je l'entendis demander cette faveur à Josh en toute honnêteté, et sa naïveté saisissante quant à l'influence que son interlocuteur pouvait avoir nous plongea tous les deux dans un état de choc et d'affliction.

Quelques jours après l'élection et la pure euphorie qui s'empara des rues de Brooklyn ainsi que de ses maisons en grès rouge le soir où Obama l'emporta – je suis loin d'être le premier à supposer que de nombreux bébés (dont sûrement une bonne partie de « métis ») ont dû être conçus le 4 novembre 2008 –, je préparai une valise de livres et d'affaires et m'envolai pour Buenos Aires, où je devais passer le reste de l'année. Je n'avais ni appartement ni réseau, et j'ignorais à quoi m'attendre sinon à un ciel bleu, des steaks persillés et l'opportunité de me replonger dans mon travail. J'avais d'abord envisagé Mexico, dont j'étais tombé amoureux dès l'instant où je vis *Y tu mamá también* à l'université. Il s'avérait que c'était la dernière destination où je m'étais rendu avec Betrys. Nous avions flâné quelques jours à Condesa avant de louer une voiture et de rouler vers l'ouest jusqu'à rencontrer l'océan Pacifique. Je désirais vivement y retourner, une envie fiévreusement attisée par une immersion prolongée dans les écrits de Bolaño, en particulier son roman tentaculaire *Les Détectives sauvages*. Sa lecture fut pour moi un événement décisif, qui prouvait une nouvelle fois qu'un parfait étranger, qui ne coche aucune des mêmes cases identitaires que vous, peut néanmoins exprimer vos aspirations et vos conflits internes les plus ineffables avec davantage de clarté que l'aurait fait votre plus proche semblable.

Cette liberté d'aller et venir était nouvelle et stimulante. Elle m'apparut alors, et encore aujourd'hui, comme la seule monnaie inestimable par laquelle un auteur puisse être rétribué. À mon arrivée, je connaissais (à peine) deux personnes que je pouvais contacter dans tout le pays. La première était un romancier un peu plus âgé que j'admirais, qui avait cofondé le magazine littéraire où j'avais fait un stage, et qui vivait ce qui ressemblait fort à un rêve d'expatrié dans un penthouse de San Telmo, le plus vieux quartier de la ville, encore rempli de salles de tango et de structures coloniales qui s'effritaient avec charme. La seconde était une fille svelte à la peau brune et aux yeux si clairs qu'ils semblaient scintiller dans leurs orbites. Elle avait récemment quitté Brooklyn, où elle habitait mon quartier.

J'avais rencontré Alana quatre ans plus tôt, lors d'un dîner entre amis, alors que je travaillais avec une de ses copines de l'université de Dartmouth. Avec un autre copain, on organisa une sorte de double rancard informel, même si nous étions peut-être déjà tous en couple. Il me sembla à l'époque que notre amie commune avait pensé à nous présenter uniquement parce que nous étions ses deux amis noirs, ce qui peut paraître étrange en y repensant. C'est encore ce que je soupçonne aujourd'hui, même si je ne lui en tiens pas rigueur. Alana était intelligente, ambitieuse, toujours impeccablement habillée, et dégageait une vulnérabilité et une gentillesse authentiques. À vrai dire, elle me plut ce soir-là pour toute une série de raisons qui vont au-delà d'un quelconque lien ancestral commun.

À Buenos Aires, je m'installai dans un hôtel modeste en attendant bêtement qu'un appartement vienne à moi et que les gens parlent anglais, comme c'était souvent le cas à Paris (mais rien de cela ne se produisit). Après plusieurs jours, je fis part de ma situation fâcheuse à Alana qui intervint aussitôt, en m'aidant à me loger et en négociant un studio dans le quartier de Palermo. Elle était enjouée et attentionnée, comme l'était ma mère et comme je pensais l'être moi-même. Contrairement à ceux de Betrys ou aux miens, ses deux parents étaient noirs, mais contrairement à nous aussi, elle venait réellement de la petite bourgeoisie. Elle ne portait en rien cette armure, cette cicatrice, cette corne ou quelque autre métaphore que mes anciens amis de lycée associaient à la condition noire – une condition *raciale*, mais dont j'avais fini par comprendre qu'elle ne relevait que de la personnalité et de la classe sociale. Je me pensais libre et aventureux, quand en réalité c'était Alana, dans un espagnol courant affiné à Barcelone, qui rendait cette liberté possible. Peut-être que notre amie commune avait vu plus que des stéréotypes lorsqu'elle avait essayé de nous mettre ensemble. Ou peut-être les stéréotypes étaient-ils si forts qu'ils en devenaient inexorablement vrais. Aujourd'hui, si j'imagine un algorithme de rencontre passant au crible une liste de tous mes amis, et amis d'amis, je n'ai aucun doute qu'il aboutirait à une conclusion similaire.

Pendant les quelques semaines ensoleillées que j'y avais consacrées, j'avançai bien dans mon travail. Je me levais le matin et relisais *Anna Karénine* devant un petit déjeuner au café le plus proche. Puis je rentrais chez moi, en semaine comme le week-end, j'ouvrais grandes les fenêtres, et j'écrivais jusqu'en fin d'après-midi. Parfois Alana et moi nous voyions pour déjeuner, mais en général nous nous retrouvions le soir autour d'un verre. Après le dîner, nous retrouvions des amis, surtout d'autres expatriés ou des Américains de passage, puis nous rentrions en taxi, dans mon studio dépouillé ou son appartement chaleureux. Le matin, nous reprenions chacun notre route. Peut-être étais-je en mesure, à l'époque, de reproduire le rythme et l'intimité de la monogamie, car je savais qu'elle comprenait une date de péremption. Mon vol retour était réservé pour la semaine de Noël. Je resterais chez mes parents dans le New Jersey puis sur le canapé de Josh jusqu'à ce que j'aie terminé mon livre, dont j'aimais dire aux gens qu'il constituait mon seul engagement indéfectible. Je ne m'autoriserais pas à retrouver une petite amie, même si cela aurait pu sembler judicieux.

De retour dans le quartier de Brooklyn où nous vivions tous les deux, Alana et moi continuions de nous croiser ; il m'arrivait alors de retrouver ce qui avait été entièrement absent de notre rencontre en Argentine : le poids familier de la pression collective sur mes pensées. Je n'aurais pas pu trouver meilleure partenaire noire, me dit l'un de mes amis avec enthousiasme, au moment de la rencontrer. J'étais d'accord avec lui, et le lui fis savoir ; mais ce que j'appréciais chez elle était spécifique, *sui generis*. Je ne ressentais pas le besoin d'intégrer sa couleur dans mon jugement, car de manière générale on n'interagit pas avec des groupes ou des structures, mais avec des individus. Ce n'est qu'avec le recul que je compris que j'étais devenu une statistique, un cliché qui reflétait une tendance beaucoup plus large : un jeu de chaises musicales romantique, joué dans une société sensible aux races, où le privilège qu'ont les hommes noirs de s'asseoir où bon leur semble laisse un nombre disproportionné de femmes noires sur le carreau.

J'ai rencontré ma femme dans un bar proche de la place de la Bataille-de-Stalingrad, à Paris. J'avais vingt-huit ans, et par cette soirée claire de janvier, dans cette salle chaude surplombant le canal glacé, j'étais seul, et je ne pouvais compter que sur moi-même. Valentine arriva avec une amie commune, s'affala dans le coin opposé, et – qui sait comment opèrent ces choses-là ? – quelque chose dans sa posture suscita en moi une vive réaction. Je trouvai sa moue insouciante exotique, de même que sa tignasse de boucles blondes, qui flottait au-dessus du vieux manteau en fourrure qui l'enveloppait. Nous ne nous sommes quasiment pas parlé, mais avant de partir, je lui donnai mes coordonnées au cas où elle passerait un jour à New York, où j'habitais. Deux mois plus tard, alors qu'elle s'y trouvait pour interviewer le groupe MGMT, Valentine m'écrivit, et l'on se retrouva pour un verre. Je découvris alors qu'elle était drôle comme tout et loin d'être insouciante ; elle avait simplement peu confiance dans son anglais, qu'elle avait glané au fil des ans grâce à l'école, aux films, à ses voyages d'enfance au Royaume-Uni, où ses grands-parents avaient vécu. Plus nous parlions, plus il s'avérait que nous avions des choses en commun, à commencer par le besoin de voyager, et la foi dans le pouvoir des mots et des idées – qui nous disposait tous deux à sacrifier le confort et la stabilité pour gagner nos vies à travers la lecture et l'écriture. Je la revis un mois plus tard, à New York également, puis une troisième fois à Paris, deux mois plus tard, lors d'un voyage de travail. L'été venait de commencer, et l'on tomba amoureux extrêmement vite. Quand vint le moment des adieux, elle me demanda de changer mes plans et de me joindre à son groupe d'amis, qui allait passer une semaine en Corse. J'acceptai, et lorsque je dus partir pour de bon, elle promit de me rendre visite à New York au mois d'août.

Quelques jours après son arrivée, on retrouva mon copain de fac, Jason, autour d'un verre. Sans réfléchir, je lui présentai Valentine comme la fille que j'allais épouser. Je croyais plaisanter, mais la façon dont elle s'accommoda de la remarque, en confirmant mes propos avec une confiance nonchalante, constituait l'un de ces gestes insignifiants qui finissent par changer à jamais votre vie. Un voisin m'avait donné le code de l'immeuble qui faisait face à mon appartement, et dont le toit offrait une vue panoramique spectaculaire. Après avoir pris congé de Jackson, Valentine et moi avons décidé de monter y prendre un dernier verre. Devant nous, l'Empire State Building et la silhouette orange électrique de Manhattan vibraient à l'horizon. J'ignorais encore, ne serait-ce que vingt secondes plus tôt, que cela allait se produire, mais lorsque je mis un genou à terre et la demandai en mariage, sans bague ni plan, elle accepta.

Le lendemain matin, je me réveillai à côté de ma fiancée, à la fois exalté et pétri de cette terreur dont je n'avais eu qu'un avant-goût avec Clotilde. J'étais terrifié car, comme dit le dicton, quand on est noir, « on n'a rien d'autre à foutre que de rester noir en attendant la mort » – mourir étant la partie facile, ou du moins non négociable, tandis que rester noir était affaire de volonté, et donc d'un certain caractère. Même si cela faisait longtemps que je ne réfléchissais plus en termes de *type* de femmes, l'irrévocabilité d'avoir choisi une Blanche était un sentiment tout sauf anodin. J'ai beau savoir aujourd'hui qu'il aurait été impossible d'épouser ou de construire un futur avec l'identité noire ou l'identité blanche à proprement parler, cette prise de conscience me dérangeait. Comment aurait-il pu en être autrement ? Vaincre des peurs aussi profondément ancrées n'est jamais un processus tout à fait rationnel.

Allez savoir pourquoi, en ce paresseux matin d'été, je songeai à Eldridge Cleaver, le porte-parole des Black Panthers, qui dénonçait chez James Baldwin un cosmopolitisme décadent, et ce que Cleaver nommait une « pulsion de mort raciale » qui incitait les Noirs à se mélanger aux Blancs. Dans son recueil d'essais publié en 1965, intitulé *Un Noir à l'ombre*, Cleaver fulmine contre cette « haine de soi » qui se joue si profondément qu'elle « ne saurait être détectée par le plus fin des observateurs, ni par celui-là même qui se hait ». Après tout, n'était-ce pas précisément ce qui me paraissait révoltant dans l'injonction de ma grand-tante à « ne jamais ramener à la maison une fille plus foncée que toi » ? N'était-ce pas précisément la raison pour laquelle je m'étais toujours promis de désobéir à sa loi ? Je me rappelai la célèbre allégorie corrosive de Cleaver :

Il y a 6 300 ans, selon Elijah, la terre était uniquement peuplée des premiers Noirs. Retiré sur l'île de Patmos, un savant fou, un Noir nommé Yacub, mit au point un procédé fondé sur le système de contrôle des naissances, dans le but d'obtenir des rejetons blancs à partir de la race noire. L'île de Patmos comptait une population de 59 999 habitants, et seuls les candidats présentant entre eux une différence de couleur étaient autorisés à se marier, de telle sorte que par l'union successive des Noirs avec des Bruns et des Bruns foncés avec des Bruns clairs – mais jamais des Noirs avec des Noirs –, toute trace de noir fut finalement éliminée. Le processus s'est poursuivi jusqu'à l'élimination complète des Bruns. Il ne restait plus alors que des peaux rouges ; puis le rouge fut éliminé, jusqu'à ce qu'il ne reste plus que du jaune ; puis le jaune fut éliminé, jusqu'à ce qu'il ne reste plus que du blanc. Le processus demanda des centaines d'années, mais Yacub, qui était mort depuis longtemps, réussit ainsi à créer le diable blanc aux yeux bleus, les yeux bleus de la mort[1].

1. Eldridge Cleaver, *Un Noir à l'ombre*, traduction de J.-M. Jasienko, Seuil, 1969 (*NdT*).

N'étais-je pas en train, à ce moment même, d'accomplir allègrement la sinistre besogne de Yacub – un suicide racial, par lequel je *m'éliminais* moi-même et toute la lignée de mon père avec moi ? Cette pensée me cloua contre le matelas. J'ignore combien de temps je restai allongé sur le dos, à regarder tourner le ventilateur de plafond. Au bout d'un moment, Valentine se tourna vers moi et me fit un sourire que je trouvai empreint de courage. Peut-être avait-elle perçu mon angoisse ; peut-être avait-elle senti que je n'étais pas ivre que d'amour la veille au soir, et que je ne pensais peut-être pas tout ce que j'avais dit. « Tu n'es pas obligé d'aller au bout, tu sais, murmura-t-elle. Tu as le droit de changer d'avis. » Il n'en fallait pas plus pour que mon destin revienne soudain entre mes mains, libre d'être façonné selon mon gré, comme rarement il a pu l'être. Je tirai Valentine vers moi, certainement par amour, mais aussi, j'imagine, par une sorte d'entêtement : je refusais toute intimidation, ou toute psychologie inversée – *Tu ne voudrais tout de même pas engendrer les petits diables blancs de Yacub, n'est-ce pas ?* –, qui m'aurait fait renoncer à mon propre bonheur et à ma propre volonté. Qui voudrait d'une telle « libération » ? J'épouserais la femme que je voulais épouser, pensai-je, et tout le reste n'était que distraction.

Après notre arrivée dans le New Jersey le week-end suivant, lorsque nous nous tenions devant l'îlot de la cuisine de mes parents pour porter un toast à la bonne nouvelle, la pièce était chargée de tant d'émotions brutes que leur souvenir me donne encore le vertige. Par-dessus tout il y avait de la joie, la joie immense que ressent un parent lorsqu'il détecte le genre d'amour qui crée des familles, qui les fait vivre et qui assure l'existence de générations futures. Cette joie-là illuminait nos visages à tous les deux. Quel parent ne serait pas comblé, après tant de chagrins d'amour et de faux départs, de la déceler enfin chez leur enfant ? Il y avait aussi le sentiment – peut-être le soulagement – de voir un chapitre de leur vie se conclure avec succès : leur plus jeune fils était sur le point d'avoir trente ans et de laisser derrière lui cette décennie d'adolescence prolongée, dont l'existence était inconnue à leur génération, quand l'âge adulte arrivait bien plus tôt. Il y avait de la fierté aussi ; ils ne connaissaient pas encore Valentine, mais ils en savaient assez pour se dire que cette relation était saine.

« Mais ton père n'a pas encore rencontré Thomas ? demanda ma mère à Valentine.

— Pas encore, mais le courant va passer.

— Et sinon ?

— Ça ne changera pas nos plans. »

Je me rappelle comment mes deux parents furent séduits par la confiance en soi de cette jeune femme. Et je me souviens des larmes de ma mère, qu'elle versa d'abord entre les soubresauts d'un rire franc, avant de les balayer hâtivement. Si elle ne pouvait pas l'exprimer, elle savait fort bien, par intuition maternelle, que cette union promettait d'imposer un océan entre nous – même si j'eus beau lui dire le contraire. Elle comprit avant nous tous, avant Valentine et même avant moi, que nous allions emménager à Paris, peut-être pour toujours. La tristesse que je perçus chez ma mère ne me surprit que parce que je voulais lui assurer qu'elle était irrationnelle – et m'en convaincre moi-même. Je voulais insister sur le fait que j'ignorais ce qu'elle savait, c'est-à-dire qu'un couple, et enfin une famille, ont tendance à se déplacer, comme l'eau qui trouve toujours le point le plus bas, vers des sociétés et des systèmes qui présentent le moins de résistance à leur épanouissement. Ma mère ne posait pas les yeux sur un homme « noir » et une femme « blanche » debout dans sa cuisine, comme sa propre mère avait dû le faire quelques décennies plus tôt. Elle les posait sur deux écrivains indépendants, l'un américain et l'autre français, qui seraient bien heureux d'évoluer dans un environnement propice à toutes sortes de choses prosaïques, et non liées à la race, telles qu'un accès abordable aux soins, à la garde des enfants, et à des loyers encadrés pour vivre et travailler. Les défis qu'elle anticipait ne relevaient pas du phénotype, mais de la culture, de la langue et de la géographie.

La réaction de mon père fut toute différente, bien qu'aussi surprenante en y repensant, que les larmes de ma mère. Pappy admit qu'il s'attendait toujours à ce que nous rencontrions de la résistance raciale, quand bien même elle serait plus subtile aujourd'hui. *Est-ce que Valentine comprenait bien qu'une femme blanche qui épousait un homme noir en Amérique devrait affronter l'opprobre ?* Elle lui assura qu'elle n'avait aucune crainte, ce qui suscita chez lui une joie inhabituellement pure, sans la moindre réserve. Sa légèreté me marqua et m'émut profondément. Ce moment résonne encore en moi comme ma première prise de conscience adulte de l'ambivalence et du stoïcisme dignes d'un bluesman dont Pappy a toujours fait preuve à l'égard de la race, et de sa catégorisation en tant qu'homme « noir » en Amérique. C'est sa constance que j'admire le plus ici – le fait qu'il soit prêt à accueillir dans son esprit deux idées amèrement contradictoires : *la race n'existe pas ;* et *la race m'a profondément blessé* –, une constance à l'épreuve de toutes les circonstances, de même que le refus de laisser sa propre vie ou sa propre histoire dicter celles de ses enfants. En d'autres termes, même si Pappy estime que l'Amérique est irrémédiablement raciste, il refuse de l'être lui-même. Pour lui, cela ne faisait aucune différence que Valentine ait la peau « blanche », ni même que sa propre descendance ait des chances de s'éclaircir elle aussi. L'homme qui m'avait confié des années plus tôt que ma mère WASP avait « la peau claire, mais une conscience noire », n'allait pas se mettre subitement à vénérer les catégories ethniques. Et s'il partageait l'inquiétude de ma mère quant à notre déménagement inévitable, du moins il le cachait. Je pense que ce qu'il voyait entre Valentine et moi était une sorte de liberté – une liberté souveraine d'improviser et de créer son identité sans contraintes extérieures, privilège qu'il a en réalité toujours estimé plus que tout autre chose. Ainsi, la tradition noire à laquelle appartenait mon père était celle d'Albert Murray, ouverte et protéiforme, et pas du tout celle d'Eldridge Cleaver, fermée et revancharde : la vie noire américaine, si elle était certainement conditionnée par les circonstances historiques locales – et donc distincte des autres branches de la diaspora africaine –, ne leur était pas *redevable* pour autant. C'était là une ironie ou une ambivalence raciale qu'il me faudrait encore plusieurs années pour comprendre.

Aujourd'hui, après huit ans de mariage, le chemin qui m'a conduit vers Valentine me paraît évident et irréfutable, comme celui d'un individu qui s'est éloigné des groupes et des idéologies de toutes sortes, et qui a pris ses décisions à mesure que les désirs et les opportunités se présentaient. Pourtant, nulle vie ne saurait se dérouler en total isolement. Que nous devons-nous les uns aux autres – pas seulement à ceux dont nous sommes proches, mais aux parfaits étrangers ? Est-ce que les femmes « noires », ou d'ailleurs les hommes « asiatiques » – qui tous deux, à l'inverse du sexe opposé dans chacun de leur groupe, ont statistiquement bien plus de mal à trouver des partenaires d'une autre « race » – sont en mesure de renoncer entièrement à leur identité raciale[1] ? Une partie de moi

1. Selon un rapport de 2015 du centre de recherche Pew, 24 % des hommes noirs épousent des partenaires non noires, contre seulement 12 % des femmes noires. L'éducation exacerbe cet écart. Pour les hommes et les

s'obstine, de temps à autre, à entendre cet infatigable tyran de Cleaver : pourquoi est-ce qu'il s'avère *si souvent*, lorsque les hommes noirs ont la possibilité de le faire, que nous choisissions un partenaire hors de notre « race » ? J'ai encore moins de réponses à cette question qu'à d'autres. Vaut-il la peine de se demander ce que signifie une union hors « race » dans un pays où les « Noirs » américains ont, en moyenne, environ 25 % de sang européen, et constituent de toute façon une population ethniquement et psychologiquement ambiguë – c'est-à-dire « métissée », par définition ? Et avons-nous plus ou moins de chances de résoudre ces problèmes en augmentant le nombre de mariages mixtes et en s'exposant davantage à la différence ?

En vérité, les hommes noirs qui grimpent dans l'échelle sociale font si souvent des mariages « mixtes » que les experts considèrent souvent que les femmes noires traversent une véritable « crise du mariage[1] »

---

femmes noirs diplômés, le chiffre est de 30 % contre 13 %. En comparaison, 21 % des hommes asiatiques font des mariages « mixtes », contre le chiffre impressionnant de 36 % chez les femmes asiatiques (et presque 40 % en 2008). De telles disparités entre les genres n'existent pas chez les Blancs et les Hispaniques, chez qui les mariages mixtes représentent 12 et 10 %, et 26 et 28 % respectivement.

1. Dans un livre paru en 2011 et intitulé *Le mariage est-il réservé aux Blancs ? Ou comment le déclin des mariages afro-américains nous affecte tous*, Ralph Richard Banks, professeur de droit à l'université Stanford, suggère que les femmes noires, victimes d'une discrimination raciale disproportionnée sur le marché des rencontres, devraient tout de même chercher de potentiels partenaires au-delà de la communauté noire, en particulier du côté des hommes asiatiques. Beaucoup de gens sensés trouveront ce conseil scandaleusement

(presque sept sur dix d'entre elles – et toutes mes ex noires, quels que soient leur niveau d'éducation et leur classe sociale – n'étaient pas mariées en 2010, quand je me suis marié moi-même et que ces chiffres ont été compilés). Même moi, je suis médusé d'observer l'incroyable fréquence à laquelle des hommes noirs ayant réussi dans la vie, et souvent ouvertement engagés sur les questions de race, s'unissent à des femmes non noires. Il y a quelques années, j'assistai à un dîner organisé par le poète et romancier Ishmael Reed, chez le saxophoniste ténor David Murray. Je ne connaissais aucun des deux, mais Reed passait par Paris pour se rendre à un salon du livre à la campagne, et il m'avait envoyé une invitation et un mot sur Facebook après avoir lu un article que j'avais publié. Certes moins connu que Toni Morrison ou Alice Walker, Reed n'en est pas moins l'un des écrivains vivants les plus appréciés au sein de la communauté

---

condescendant et le balaieront d'un revers de la main. Mais selon Banks, les Noires ont deux fois moins de chances de se marier que les Blanches, et deux fois plus de ne jamais le faire, tandis que les Noires diplômées ont plus de chances que n'importe quel autre groupe de femmes américaines d'être célibataires ; plus de 70 % des bébés noirs naissent de parents non mariés ; la majorité des femmes noires diplômées qui sont mariées ont un mari qui n'est pas allé à l'université ; enfin, le « fossé racial » entre les taux de mariage des Blancs et des Noirs est en réalité plus large chez les riches que chez les pauvres. Malgré ces chiffres glaçants, des recherches révèlent qu'une majorité significative de femmes noires estiment que seuls les hommes noirs constituent des partenaires convenables. Elles ont moins de chances que n'importe quel autre groupe minoritaire de formuler le désir de faire des rencontres hors de leur « race ». Le cruel paradoxe d'une telle allégeance tribale, selon Banks, est qu'il ne fait qu'*augmenter* la pénurie d'hommes noirs à épouser.

noire. J'étais profondément honoré qu'il m'ait écrit. J'en parlai à Valentine et la prévins de mon absence le samedi suivant. « Super ! On prend une baby-sitter pour que je puisse venir avec toi ? » Je laissai probablement la question trop longtemps en suspens, ou peut-être la regardai-je d'une drôle de façon. Alors que je commençais à lui répondre « Bien sûr, mais tu risques de t'ennuyer… », elle rougit et dit en riant : « Tu ne veux pas me *ramener* devant ton auguste écrivain noir, c'est ça ? »

Dans l'article qui avait attiré l'attention de Reed, je déplorais l'effet néfaste qu'exerçait sur l'imaginaire collectif le spectacle permanent des homicides impunis d'hommes noirs non armés. J'y suggérais que de plus en plus de Noirs américains, malgré le sacrifice que cela impliquait, devraient envisager de quitter le pays. Cette position jugée élitiste, ou insuffisamment démocratique, m'avait valu des critiques en ligne, parfois virulentes (*OK, super, et comment va faire Michael Brown*[1] *pour aller à Paris maintenant ?*). Le message de Reed me faisait l'effet d'une caution. Écrivain engagé, fervent défenseur de la cause noire, confrère d'Amiri Baraka au sein du Black Arts Movement[2] de la côte Ouest, et personnalité que

1. Le 9 août 2014, Michael Brown, un jeune Afro-américain de 18 ans, non armé au moment des faits, fut abattu de six coups de feu par un policier (blanc), Darren Wilson. Selon la police, Wilson a agi en état de légitime défense ; selon les témoins, Brown avait les mains en l'air. L'événement déclencha des émeutes dans la région et reçut une couverture médiatique internationale (*NdT*).

2. Le BAM est un mouvement culturel afro-américain fondé par Amiri Baraka dans les années 1960, et qui déclina à la fin des années 1970 (*NdT*).

l'on peut encore voir sur Youtube en conversation avec Huey P. Newton[1] : vous aviez là un homme que l'on pouvait difficilement accuser d'une telle transgression – et qui approuvait ce que j'avais écrit. Naturellement, je ne voulais lui donner aucune raison d'être déçu. Ma posture était non seulement honteuse, mais irrationnelle aussi : il n'aurait aucun droit d'être déçu par ma femme ou mes choix amoureux, indépendamment de ce qu'il pensait de ma thèse sur l'expatriation. J'en avais bien conscience, et j'assurai à Valentine qu'elle pouvait se joindre à nous. Pourtant, à ma surprise, je fus étrangement soulagé lorsqu'il s'avéra qu'elle n'était pas disponible.

Cependant, au-delà de ce que j'avais lu et imaginé à son sujet, je ne savais en réalité quasiment rien de cet homme, que j'étais si heureux de rencontrer et si soucieux d'impressionner. Le soir du dîner, je débarquai seul chez Murray, muni de la meilleure bouteille de Languedoc que me permettait mon budget, prêt à être transporté dans ce que mon esprit imaginait comme une ambiance noire authentique, moins *'Round Midnight*[2] que Renaissance de Harlem[3] sur la Rive droite. En m'approchant, j'entendis les notes de jazz qui virevoltaient dans le couloir, mais à

1. Homme politique et écrivain afro-américain (1942-1989), cofondateur du Black Panther Party (*NdT*).

2. Morceau composé par le pianiste Thelonious Monk en 1944, rapidement devenu un classique du jazz (*NdT*).

3. Mouvement de renouveau artistique dans la culture noire-américaine de l'entre-deux-guerres, qui a marqué un tournant majeur dans l'histoire de la littérature noire américaine (*NdT*).

mon arrivée dans l'appartement je fus accueilli par une Française blanche qui se présenta comme la femme de Murray. (En l'occurrence, celui-ci était en Suisse pour jouer à un festival.) Elle me fit la bise et me conduisit dans le salon, où Reed, un homme robuste et vigoureux dont la coupe afro ressemblait à un nuage orageux, se leva et me serra la main. Puis, d'une voix impérieuse de baryton, il me présenta sa femme – blanche, évidemment.

On ne peut jamais réduire une personne à un faisceau d'idées ni à une posture intellectuelle, et je me rends compte aujourd'hui que j'avais omis d'appliquer à ces hommes la même ambiguïté d'intérêts et de goûts que j'avais pris l'habitude de m'accorder à moi-même. Toutefois, quand je me retrouvai assis à côté d'un ami commun – un autre écrivain new-yorkais, plus âgé, expatrié à Paris – et de son épouse blanche, elle aussi, il devint impossible d'éviter la question : pourquoi arrive-t-il si souvent que des hommes comme nous, qui tendent à être payés pour réfléchir et débattre du sujet de la race – de Henry Louis Gates Jr. à James Baldwin, en passant par Jordan Peele, mon propre père et quantité d'autres –, aient *tous* fait leur vie avec des partenaires blanches ? S'agit-il tout bonnement d'une forme d'hypocrisie, voire de trahison, comme les Eldridge Cleaver et même les Spike Lee de ce monde voudraient le faire croire ? Est-il possible, sinon, que l'une des façons les plus puissantes et les plus subversives de combattre une société raciste – peu importe que la démarche soit intentionnelle ou non

– consiste simplement à se soustraire à ses habitudes et ses mœurs perverses, en refusant ses frontières factices, même lorsque celles-ci essayent sans relâche de vous enfermer ? Nous avons tendance à concevoir le mariage mixte avant tout comme une affaire de race, et dans une moindre mesure, de religion ou de classe. Mais pourquoi ces catégories sont-elles les seules, ou même les principales, à l'aune desquelles nous mesurons nos différences et nos similitudes[1] ?

Je commençais peu à peu à condenser toutes ces questions en une seule : « Le seul moyen d'affronter un monde sans liberté » est-il, comme le suggérait Camus, « de devenir si absolument libre qu'on fasse de sa propre existence un acte de révolte » ? C'est exactement ce qu'Adrian Piper, philosophe et artiste, choisit de faire en 2012, lorsque, après avoir quitté les États-Unis pour Berlin, elle « renonça » publiquement à son identité noire. C'était un geste provocateur, performatif, bien sûr, que beaucoup jugeront ridicule, naïf, irresponsable, futile, irrespectueux, ou tout cela à la fois. Mais pourquoi ne pas prendre au sérieux l'idée qui le sous-tend ?

« Renoncer » à la race, « faire un mariage mixte » : ces démarches ne sont pas les mêmes que l'« usurpation raciale[2] ». Celle-ci se prétend subversive, mais elle ne fait

1. Je connais des couples où l'un est écrivain, et l'autre avocat, qui ont bien moins d'expériences vécues en commun que nous en avons ma femme et moi.

2. Le *racial passing* est un phénomène majoritairement présent aux États-Unis, qui se produit lorsqu'une personne classée comme membre d'un groupe

qu'entretenir les règles d'un jeu injuste. Refuser à la base de respecter le jeu serait une tout autre histoire. Mais est-ce vraiment s'en extirper que d'entamer une relation avec quelqu'un que l'on désigne comme « blanc », dans une société qui continue, malgré une tendance croissante vers l'inclusivité, à privilégier ce qu'elle perçoit comme l'« identité blanche » ? S'agit-il réellement d'un acte de rébellion ou, au contraire, d'une nouvelle forme de capitulation ? Il est très difficile d'aborder ces questions sereinement. Elles préoccupent profondément tous ceux concernés par les relations « mixtes », par l'existence d'une identité multiple – c'est « l'effroi permanent de l'entre-deux » qu'évoque Zadie Smith, dont le mari se trouve être blanc lui aussi –, ou par la perspective d'une société véritablement post-raciale, dont nous sommes nombreux à revendiquer l'avènement.

Il y a peu d'époques, dans l'histoire des États-Unis, où la maladie raciale de la nation – un fléau toujours à l'affût, telle la peste de Camus – a connu des poussées aussi brûlantes que dans les années 1960. Le 4 avril 1968, Martin Luther King Jr. était assassiné (par un raciste blanc) sur le balcon du Lorraine Motel, à Memphis. Trois ans plus tôt,

racial se fait passer pour un membre d'un autre groupe racial et est acceptée comme telle (*NdT*).

Malcolm X avait été abattu (par des racistes noirs) dans la salle de bal d'Audubon, à Harlem. La Californie du Sud en général, et Los Angeles en particulier, peinaient encore à se relever de l'effondrement massif de l'ordre social qu'avaient constitué les émeutes de Watts cette année-là. Ma mère venait d'obtenir sa licence de sociologie à l'université de San Diego State, après un passage à Wheaton College, une école résolument chrétienne de l'Illinois, où elle avait approfondi sa foi protestante et s'était forgé une nouvelle identité, en faisant du bénévolat pour la soupe populaire dans le South Side de Chicago. Le projet ambitieux de Grande Société développé par le président Lindon Johnson battait son plein, et malgré son intention de faire un doctorat, Maman décida d'abord de mettre ses idéaux en pratique. Elle rejoignit le Programme de lutte contre la pauvreté du Comté de San Diego, à Otay – le quartier de l'église baptiste conservatrice où son père était pasteur –, et elle devint directrice d'un centre qui proposait des services sociaux et récréatifs à des familles défavorisées noires et mexicaines. Un soir, elle organisa une réunion de communauté et invita le directeur exécutif de l'agence du comté à venir y parler. Alors que le pointilleux Sudiste (non, pas « Sudiste », il était du Sud-Ouest, insistait-il) se tenait devant elle et exposait patiemment sa vision de la justice sociale, ma mère écoutait, captivée : elle avait l'impression qu'il ne s'adressait pas seulement à elle, mais qu'il parlait véritablement *pour* elle ; il mettait des mots sur le fouillis confus de pensées qui s'agitaient dans son esprit depuis plusieurs années, avec un discours athée qui, pourtant, lui paraissait encore plus chrétien que ceux que prononçait son père depuis la chaire.

Ils commencèrent tous deux à travailler ensemble, et elle tomba amoureuse à la fois de l'homme et de sa mission, décidant qu'elle l'épouserait. Il fallut plus longtemps à mon père, de neuf ans son aîné, pour développer des sentiments réciproques. Il se méfiait de la résistance ridicule et irrationnelle qui, sans l'ombre d'un doute, se mettrait sur leur chemin, quelles que soient leurs intentions. À peine un an plus tôt, la Cour suprême avait tranché dans l'affaire *Loving v. Virginia*, invalidant à l'échelle nationale les lois dites de l'« intégrité raciale » ; pourtant, les sondages indiquaient que la grande majorité des Américains étaient encore opposés à l'idée que les Blancs et les Noirs puissent se marier (les chiffres font froid dans le dos : 72 % contre, 20 % pour). Craignant, à raison, de compromettre la position de mon père dans la communauté, et la relation de ma mère avec sa famille et l'église, mes parents étaient dans l'impossibilité d'afficher leur amour en public – un tribut racial accablant dont mon esprit a toujours du mal à accepter qu'ils devaient payer le prix. Ce ne fut que lorsque mon père accepta un nouveau poste à Los Angeles, où ma mère le rejoignit bientôt, qu'ils furent en mesure de vivre ouvertement et librement. Après cinq années d'hésitation, mon père se décida enfin à la demander en mariage, une fois convaincu qu'ils étaient assez robustes pour supporter l'isolement et les regards suspects qu'ils devraient sans nul doute affronter – surtout une fois leur décision prise d'avoir des enfants.

Mon père, bien sûr, avait déjà fui les confins étouffants de son propre milieu social dans le Sud ségrégué. En raison des opportunités professionnelles, mais aussi, j'imagine, du besoin que ma mère et lui avaient désormais de créer les conditions de leur propre existence – loin du poids de la famille et des réserves de l'église de ma mère en Californie –, ils se déplacèrent progressivement vers l'est, jusqu'à se retrouver aussi loin de San Diego qu'il est géographiquement possible de le faire dans les limites des États-Unis continentaux. Du fait de ces deux évasions, je grandis sans aucun contact avec ma famille noire étendue, et il en fut quasiment de même du côté maternel. Quand j'expliquais à mes amis et camarades de classe que je n'avais qu'une seule cousine, et que celle-ci habitait près de 5 000 kilomètres à l'ouest, tous, Blancs comme Noirs, trouvaient cela absurde et regrettable. Enfant, je me demandais souvent pourquoi je n'avais pas de clan plus large à revendiquer, même si je sus dès le plus jeune âge que j'étais incroyablement aimé et privilégié au sein de mon noyau familial ; si j'avais eu le choix, je n'aurais échangé une telle attention et une telle éducation contre aucun autre modèle. Adulte, j'ai appris à trouver d'autres avantages, plus subtils, au fait d'être coupé de tout véritable *nous*.

Le problème de la différence raciale en Amérique – et

dans la vie moderne en général – est toujours présenté comme étant d'ordre économique, politique, biologique ou culturel. Mais je prétends que ce désastre se joue au moins autant sur le plan de la philosophie et de l'imaginaire. Nous avons encore du mal, au XXIe siècle, ne serait-ce qu'à concevoir des liens véritables et contraignants entre les races. Il y a des photos de ma mère, avec la famille qui était la sienne avant nous, que je dois examiner longtemps avant de pouvoir la reconnaître. Qui donc est cette couvée, au teint éclatant, avec tous ces cheveux blonds blanchis par le soleil de Californie ? Sur l'une d'entre elles, où Maman doit avoir dans les treize ans – ce qui la situerait à la fin des années 1950 –, on peut la voir debout à côté de ses parents et de ses tout jeunes frères et sœurs. Bien sûr, les enfants ne sont rien d'autre que cela, c'est-à-dire de purs innocents, mais les parents habitent alors un pays qui n'a pas encore voté les droits civiques, et ils posent devant leur nouvelle Chevrolet à empennage avec une sérénité qui me rappelle une observation que fit un jour James Baldwin, pour qui le racisme nous déshumanise tous, mais peut-être plus sévèrement le raciste que la victime. En regardant mon grand-père, qui ne jurait que par la Bible et à qui je ressemble si fortement dans la structure faciale qui supporte mes traits plus hâlés, plusieurs émotions antagonistes me viennent. J'éprouve à la fois de la colère et de la pitié, mais je ressens surtout le côté froidement irréel de nos liens familiaux. (J'ai le même sentiment lorsque j'observe la vieille photo que mon père conserve de sa mère, que je n'ai jamais connue – elle est décédée quand j'étais nourrisson –, et qui, de ce que j'ai compris, ne voyait pas ma mère d'un très bon œil.) Il est difficile de croire que nous sommes parents. En vérité, nous ne le sommes qu'au sens le plus théorique du terme. Je ne me sens pas plus attaché à cet homme (dont les traits anguleux vivent en moi dans un bras de fer permanent avec l'Afrique) qu'à cette partie argentée étiquetée « Sénégal » sur le diagramme circulaire de mon test ADN.

Il m'intrigue, néanmoins. Je ne l'aime pas, ni le déteste. Il me fait pitié. Et je m'interroge sur le tribut gratuit qu'il eut à payer pour avoir passé des années à manquer d'appliquer la chrétienté qu'il professait (il avait beau le savoir, il ne pouvait pas s'en empêcher), en ne se laissant jamais perturber par l'expérience proprement américaine de quelqu'un comme mon père. Pour l'éviter à tout prix, et s'empêcher de reconnaître jusqu'à son existence ; pour l'écarter aussi loin que possible de son esprit et de ses interactions personnelles, et aménager son environnement de telle sorte qu'elle en soit exclue ; enfin, pour être le genre d'homme qui, lorsque cette expérience finirait par le retrouver, lui tournerait le dos tout en sachant, et en admettant, qu'il n'avait pas de raison valable de le faire – quel fut le prix, concrètement, de la vie caricaturale et bornée dans laquelle il s'était retranché ? Que lui coûtèrent ce confort petit-bourgeois et cet infantilisme moral ? Je regarde l'image et mes yeux s'éloignent de lui pour revenir à ma mère, tandis que je me demande pourquoi certaines personnes se sentent *tout de même* assez concernées pour sortir de leur cocon, et oser perdre leurs illusions sur la rectitude morale irrécusable de la tribu dans laquelle elles ont vu le jour. Pourquoi certains parviennent-ils à imaginer leur vie au-delà de frontières abstraites, là où d'autres semblent incapables de le faire ? Qu'est-ce qui rend ma mère, avec son sourire insondable et son regard de biais, si différente et tellement plus courageuse à mes yeux que chacune des autres personnes sur cette photo ?

Ce n'est que maintenant que je suis moi-même père d'une petite fille, que je peux apprécier le prix exorbitant de la perte que mon grand-père s'est infligée à lui-même – à ma mère et à ma grand-mère également, mais surtout à lui. Une fois par an, tous les automnes de mon enfance, ma grand-mère, Esther, prenait l'avion de San Diego jusqu'à Newark pour y passer deux belles semaines chez nous, à Fanwood. Chaque année, deux semaines sur cinquante-deux – ce qui n'est pas grand-chose en soi, mais qui a suffi pour l'aimer profondément, et pour la *connaître*. Connaître son visage et son sourire ; son odeur et sa démarche allongée qu'il me fallait presser le pas pour rattraper ; connaître la chaleur et la douceur de son étreinte, ainsi que la douce gaieté de son sens de l'humour et de son besoin de rire. Je savais qu'elle m'aimait, sans l'ombre d'un doute. Durant ces deux semaines, elle était avec moi ; j'entends par là qu'elle était véritablement à mes côtés et qu'elle s'intéressait à mon monde. Elle m'aidait quand j'avais des problèmes de maths difficiles et elle m'accompagnait au terrain de jeux. Elle me chatouillait le cou et faisait des plaisanteries que seuls elle et moi pouvions partager. À l'époque, je n'avais jamais vraiment pris la peine de me demander pourquoi Grand-mère venait toujours seule. Pourquoi son mari restait à distance, au pays. « Oh, il n'aime pas prendre l'avion », était l'une des excuses typiques. « Il a mal au dos, tu sais. » Voilà le genre d'explications qui satisfaisaient l'enfant en moi. Je ne pensais pas à essayer de savoir pourquoi il ne pouvait pas appeler. Grand-mère, bien sûr, passait elle-même tous les coups de téléphone, et signait toutes les cartes d'anniversaires et de Noël, en leur nom à tous les deux. C'est seulement à l'âge adulte que je compris, à mon grand effroi, ce que cette absence voulait forcément dire. Et ce ne fut que quelques années avant sa mort, alors que je passais un mois à San Diego, chez la mère de Josh, après l'obtention de notre diplôme, que je me rendis compte à quel point toute la vision du monde de mon grand-père pouvait se montrer profondément mesquine et incroyablement pauvre. Je ne le vis qu'à ce moment-là, avec la soudaineté et la force d'une révélation, car pendant toute une période les conditions de l'échange n'avaient rien eu à voir avec moi.

À l'été 2003, lorsque avec Josh je rendis visite à mon grand-père – qui avait effectivement le dos en compote –, celui-ci était cloué dans un fauteuil roulant électrique, et entièrement dépendant de ma grand-mère, qui semblait trimer pour lui sans relâche. Le genre de chrétien qui promet les flammes de l'enfer au pécheur, Grand-père était aussi ce type d'homme que vous pouviez imaginer, à une autre époque, participer à un autodafé – ou du moins fortement l'approuver. Lorsqu'il le voulait, cependant, il était aussi capable de jouer de son charme, et ce jour-là il était d'une humeur accueillante et enjouée. Il semblait réellement fier que j'aie obtenu mon diplôme à Georgetown (sans nulle aide ni encouragement de sa part), et d'autres membres de la famille de ma mère étaient aussi venus nous voir cet après-midi, donnant à notre réunion des allures de fête. Bill, le petit frère de ma mère, était là également – je le connaissais à peine, mais il était venu à New Jersey un été, quand j'étais petit, et il avait joué avec nous au volley-ball, dans le jardin, avec tant d'humour et d'enthousiasme qu'il avait gagné mon affection à vie (il est étonnamment facile de montrer de l'amour à un enfant !). Il y avait aussi Walter, le cousin prospère et mondain de ma mère, un homme que je rencontrai pour la première fois ce jour-là et auquel je me suis beaucoup attaché à l'âge adulte, au gré de ses passages à Paris, lors de ses voyages avec sa femme Frannie. Cette journée fut un moment particulièrement agréable pour moi : à la fois un passage à la maturité, et une sorte de retour à la maison, vers un endroit qui n'avait jamais été « chez moi » que dans mon imagination et dans les récits de ma mère.

Après que Grand-mère eut débarrassé le café et le goûter, et alors que Josh et moi disions au revoir et merci, je regardai mon grand-père, d'abord gêné, puis stupéfait de le voir diriger son fauteuil vers la bibliothèque, en sortir un exemplaire impeccable du Nouveau Testament, et le presser avec insistance entre les mains de Josh. « J'aimerais te donner ceci, mon fils. J'espère que tu le liras avec l'esprit ouvert et que tu y réfléchiras bien. » Je sentis mon pouls s'accélérer. Nous n'avions pas parlé de religion, pas plus que nous n'avions évoqué nos affiliations ethniques cet après-midi ; j'ignore donc encore comment mon grand-père avait décelé que Josh était juif – l'avait-il simplement déduit de la courbure de son nez ? – et j'étais trop jeune ou trop choqué pour exprimer la colère que je sentais monter en moi. Josh prit le livre et remercia mon grand-père avec une élégance dont celui-ci aurait gagné à s'inspirer. Mais sur le trajet du retour, alors que nous roulions vers la nuit sud-californienne, en direction de la plage et d'autres préoccupations plus légères, je me rappelle m'être dit que j'avais fini par *voir* mon grand-père pour ce qu'il était. Je me souviens avoir enfin eu la conviction, même la preuve, que cette petitesse le *définissait* tout entier. Mais il n'était pas le seul. Il ne faisait qu'exercer – explicitement – le privilège de nombreux hommes et femmes comme lui. C'était une application odieusement hiérarchique de la nature arbitrairement normative de l'identité WASP de mon grand-père – la fausse universalité de son propre biais tribal. S'il avait existé un livre pour détourner mon père de son identité noire, je n'ai aucun doute que mon grand-père s'en serait procuré une copie et qu'il la lui aurait remise en grande pompe.

Plus récemment, la petite sœur de ma mère, ma tante Shirley, qui est mon parent le plus proche, quelqu'un que j'aime énormément et qui s'avère être une sorte de chroniqueuse de notre famille sur Facebook, a publié l'image d'un ancêtre que je n'avais jamais vu, et dont je n'avais jamais entendu parler. L'objectif de sa publication était de souhaiter un bon anniversaire à son arrière-arrière-grand-père maternel, Anton Spath. Né en Allemagne à Dietzenbach, en 1835, Spath, tisserand de son métier, immigra à Baltimore au début de la vingtaine. Il épousa une femme nommée Anna, et leur premier enfant, Anton Jr., naquit un an avant la fin de la guerre de Sécession. Anton Spath parvint à acheter des terres sur lesquelles il planta des saules en vue de fabriquer des paniers, entretint une ferme, et vendit des pierres extraites de sa carrière. Au gré des opportunités, il acquit aux enchères d'autres maisons dans le quartier. En 1913, à l'heure de sa mort, Anton Spath avait accumulé quelque vingt logements locatifs sur Spath's Lane, Oakdale Road et Falls Road.

Je restai un long moment à fixer la publication de ma tante. La façon dont ma famille et elle évoquent ce sujet – et, en réalité, la façon dont de nombreux Américains blancs parlent de leurs aïeux immigrés – est pleine d'admiration pour ces hommes et ces femmes qui, à force de ténacité et d'abnégation, se sont affranchis de leurs origines européennes modestes pour connaître la prospérité dans le Nouveau Monde. Il y a bien sûr une part de vérité ici. Je suis sincèrement impressionné par ce que cet Anton Spath réussit à accomplir en tant que vannier germanophone installé à Baltimore. Pourtant ces histoires, et l'innocence avec laquelle elles sont relatées, me blessent profondément. Je ne peux m'empêcher de penser qu'au moment où Anton Spath amassait ses biens et profitait, comme un parfait étranger, de tout le pouvoir, la dignité et la sécurité que vous apporte le statut de propriétaire, la communauté de mon père – dont beaucoup vivaient aux États-Unis depuis plusieurs générations, longtemps avant la naissance de Spath, et pouvaient retracer leurs origines jusqu'à l'Europe ou l'Afrique – était réduite en esclavage dans des contrées pas si lointaines que cela.

Avant que je me décide à cracher dans un flacon en échange d'un email contenant les résultats de mon test ADN, je passai plusieurs semaines à consulter fiévreusement le site Ancestry.com[1], m'efforçant de construire un arbre généalogique paternel des plus clairsemés. Williams,

1. La technologie est loin d'être parfaite ou satisfaisante, mais elle peut s'avérer formidable. Après des heures passées à creuser un véritable trou de souris généalogique, j'eus le bonheur furtif, incroyable et tout à fait inattendu de me retrouver à contempler, assis à ma table de dîner parisienne, la pierre tombale de Cora, la grand-mère de mon père (dont Marlow a hérité le deuxième prénom), fabuleusement tangible et réelle à des milliers de kilomètres de là, au Texas.

nom de famille d'origine galloise et troisième patronyme le plus répandu aux États-Unis, est un point de départ quasiment inexploitable pour ce genre de requêtes. (Des années plus tôt, alors que je réglais une question administrative à Brooklyn, on m'avait dit qu'il y avait non seulement plus de quatre-vingts Thomas Williams dans la région, mais qu'il y en avait plus de quatre-vingts *avec un casier judiciaire*.) Le nom de jeune fille de la mère de mon père, McLemore, est à peine plus utile. Je peux remonter au plus loin à 1865, l'année où le grand-père maternel de mon père, James « Pump » McLemore, vit le jour (ce qui en fait un contemporain parfait d'Anton Spath Jr.), peut-être dans le Mississippi, peut-être au Texas – dans les deux cas, à la frontière entre liberté et servitude. Avant, il n'y a que le vide, un abîme d'inhumanité sans fond dont n'émergent que rarement les noms et les dates.

Parmi les premiers Noirs américains à être nés dans une société officiellement émancipée de l'esclavage, Pump McLemore (qui, apparemment, hérita son nom de sa passion pour l'harmonium, ou *pump organ* en anglais) était, étonnamment, un propriétaire terrien lettré lorsqu'il épousa la grand-mère de mon père, Cora Jones, elle-même descendante d'esclaves de Louisiane. Une grande partie de ce que je sais de ce premier ancêtre provient d'un recensement de 1910, que je parvins à retrouver sur Ancestry.com (mon cœur se gonflant quand je remarquai la case « Oui » cochée par sa propre main à côté de la question « Capable de lire ? »), ainsi que des rares anecdotes que Pappy avait héritées de Cora (« Après de longues journées de travaux épuisants à la ferme, il aimait se laisser flotter dans la rivière Caddo, à l'endroit où elle traversait sa propriété, et chanter »). Ni mon père ni moi n'avons la moindre idée de ce à quoi ressemblait cet homme, ni comment diable il était parvenu à acheter la moindre parcelle de terrain. Ce que je sais, en revanche, c'est qu'avec Cora, de seize ans sa cadette, il eut huit garçons et filles, avant qu'il la laisse veuve pour la majeure partie de la vie de ma grand-mère paternelle – ou peut-être son intégralité ; nous ignorons la date de sa mort.

Jusqu'à récemment, je n'avais jamais songé sérieusement à enquêter sur mes ancêtres, ni même à soutirer des informations de la bouche de mon père. Il ne s'était jamais étendu sur les générations précédant sa mère, peut-être parce que c'était trop douloureux, ou qu'à son époque les enfants noirs trop curieux étaient dûment priés de se taire. C'est en tout cas ce que lui disait souvent sa famille, et je m'en contentai jusqu'à la naissance de Marlow. C'est sa présence qui m'a donné envie d'en savoir plus. J'étais angoissé à l'idée qu'elle pourrait retracer son côté français sur plusieurs siècles, non pas parce que son histoire était particulièrement noble – à vrai dire, l'un de ses arrière-arrière-grands-pères maternels dont l'usine avait dû approvisionner les nazis fut considéré comme un collaborateur après l'Occupation –, mais simplement parce que cette histoire est *là*, tangible, à la portée de tous. Pourtant, ce noyau d'identité noire, dont j'avais toujours pensé qu'il était assez puissant pour imprégner tout ce qu'il touchait, se désintègre à pareille distance.

Sur le site 23andMe, le service de tests génétiques se décharge de toute responsabilité quant à l'« irrévocabilité » des résultats une fois qu'ils sont connus – en plus des informations concernant les prédispositions aux maladies génétiques, on peut imaginer la mise en place d'un tel avertissement pour les 24 % d'Américains blancs susceptibles de trouver un fragment d'Afrique non sollicité dans leur diagramme. Après tout, comme l'a remarqué la philosophe Adrian Piper : « Dans ce pays [...], la présence de sang noir chez les Blancs est en compétition avec l'inceste, le meurtre et le suicide pour ce qui est des pilules les plus amères et les plus difficiles à avaler pour les Américains. » La raison d'une telle aversion, aussi insupportable soit-elle sur le plan scientifique, n'est pas bien compliquée à comprendre : être blanc en Amérique a toujours impliqué d'être un héritier de la liberté et d'un minimum de dignité, même dans le besoin – même lorsque l'on échoue sur les rives de Baltimore, dans le Maryland, en tant que vannier germanophone, avec à peine quelques marks en poche. À l'inverse, être noir a toujours signifié, plus que toute autre chose, être irrévocablement stigmatisé par l'inhumanité de l'esclavage – à l'image de la vierge funeste des sociétés traditionnelles qui, sans qu'elle ait rien fait de mal, est victime de viol, et se retrouve à jamais indigne et méprisée du seul fait de l'offense qu'elle a subie. Ce raisonnement essentialiste, qui guide depuis si longtemps notre conception de la race, a beau être malléable, il n'en est pas moins ancré très profondément dans une distinction rudimentaire entre les hommes définis par une condition inférieure héritée, et ceux qui ne le sont pas.

Toutefois, malgré ce tabou, les frontières raciales n'ont jamais été aussi infranchissables ni aussi poreuses qu'aujourd'hui. On ne voit plus les relations interraciales comme avant – du moins lorsque la question plus impérieuse de la classe sociale nous donne satisfaction. Je ne savais pas à quoi m'attendre lorsque Valentine et moi avons pris le train pour la Bretagne afin d'informer son père – et non de lui demander son accord – au sujet de nos fiançailles. Mais je savais que ma dignité n'était pas en jeu. Peut-être est-ce parce que j'ai la peau claire, peut-être aussi parce que je pouvais raisonnablement supposer qu'en Europe, on me verrait avant tout comme un Américain et non comme un Noir – ou simplement parce qu'il aurait pu désavouer ma race sans que cela affecte significativement ma conception de moi-même et mon bien-être dans le monde. À l'inverse de l'époque de mon père, je pouvais compter sur la société pour ne pas partager sa vision limitée de moi-même à tous les coins de rue. Ce glissement, cette diminution de l'anathème – si vous l'acceptez – permet une magnanimité à l'épreuve même de la discrimination et de la haine.

Cependant, je n'eus absolument pas besoin de me

montrer magnanime le soir où je rencontrai le père de Valentine, dans le jardin de la maison qu'il loue tous les ans au mois d'août et qui surplombe le tumulte incessant de la baie de Saint-Malo, où la marée monte et descend à tel point que l'on peut s'aventurer à un kilomètre du littoral lorsqu'elle est basse. Nous avons fait notre annonce au milieu du dîner, et sa réaction fut de sauter de sa chaise et de me prendre dans ses bras, m'embrasser sur les deux joues, avant d'ordonner aussitôt à sa benjamine de réserver une table à une terrasse locale pour que nous continuions les festivités avec du champagne. J'ai souvent comparé cette attitude normale et honorable à la brutalité irréfléchie que mon grand-père a opposée à mon père, et cette pensée me remplit à la fois de tristesse et d'optimisme.

Dans mon propre mariage, je me suis aperçu que je ne connaissais quasiment plus le genre de division douloureuse qu'autrefois je sentis si vivement dans l'épicerie, avec ma mère, lorsque cette femme blanche nous avait toisés et avait conclu avec tant d'aisance que nous ne pouvions pas être liés. Encore une fois, cela tient beaucoup au fait que le monde est bien plus habitué à la mixité aujourd'hui qu'il ne l'était il y a encore trente ans de cela, mais c'est aussi que les gens sont plus qu'une simple somme de caractéristiques physiques, nationales ou ethniques. Valentine est une fille sensible, qui sait danser et qui s'est plongée en grandissant dans la musique noire – dont elle m'en a fait découvrir une partie –, mais sans la mythologie américaine qui lui est associée, tandis que j'ai moi-même longtemps étudié la France, et que je suis encore capable de nous surprendre tous les deux en révélant à ma femme un aspect inconnu de son pays ou de sa littérature. Nous n'avons pas beaucoup d'idées préconçues l'un sur l'autre, et cela s'est avéré être un cadeau, qui nous a forcés à nous découvrir de A à Z, en tant qu'individus et non en tant qu'ambassadeurs de notre race. Notre mariage est hybride à tellement plus d'égards que – disons – la texture de notre chevelure. Pourtant, je serais naïf de penser que les cheveux de ma femme – mais surtout ses yeux – aient cessé de valoir davantage que les miens dans la société où nous vivons. C'est pourquoi des inconnus, presque toujours bien intentionnés, nous arrêtent dans la rue pour s'exclamer : « *Oh là là, les beaux yeux bleus !** » dès qu'ils aperçoivent notre petite fille. Avec du recul, c'est aussi pour cela que mon meilleur ami au lycée, Charles, avait décidé de porter des lentilles de couleur pendant une certaine période ; et, pour être honnête, c'est également pour cette raison que je me surpris moi-même à me demander anxieusement, avant sa naissance, si Marlow posséderait « les yeux bleus de la mort » tant convoités par Cleaver. Mais c'est précisément le genre de préjugés qu'il est de mon ressort et de mon devoir d'écarter – en veillant à ne pas tomber dans le piège de la rancœur –, car c'est de telles préférences mineures et arbitraires que certaines visions du monde se nourrissent.

Comme tout parent, je suis assailli par une foule de craintes quant au bien-être de mes enfants, mais je n'ai jamais connu cette angoisse que j'ai vue déferler sur les fils d'actualité Facebook et Twitter pendant la majeure partie du second mandat d'Obama, et qui n'a fait que s'intensifier sous Trump : l'impression d'être en état de siège permanent, exprimée par beaucoup de parents noirs que je connais – y compris ceux qui travaillent pour des fonds d'investissement – depuis que Trayvon Martin a été tué[1]. Il y a quelques étés de cela, des dizaines d'entre eux partagèrent la vidéo d'un policier blanc qui, devant une piscine municipale de la banlieue de Dallas, traînait par terre une adolescente noire de quatorze ans vêtue uniquement d'un bikini, avant de s'agenouiller sur son dos, son arme brandie contre quiconque lui viendrait en aide. J'ai beau partager leur indignation, j'ai beau avoir conscience que cela pourrait toujours m'arriver, à moi, je sais pourtant, aussi vrai que la terre est ronde, que je n'ai aucune raison de craindre que cela arrive à Marlow. Comment pourrais-je nier qu'une partie de moi se sent réellement soulagée ; et comment ce soulagement, à son tour, pourrait-il ne pas ressembler méchamment à une trahison ?

Reste donc cette question tenace : dans ce contexte, est-il immoral pour les Noirs de fréquenter, d'épouser

1. Le 26 février 2012, à Sanford, un jeune homme noir non armé de 17 ans, Trayvon Martin, fut tué à bout portant par George Zimmerman, un Latino-Américain de 28 ans, responsable de la surveillance de voisinage. Zimmermann fut déclaré non coupable, un verdict qui provoqua une vague d'indignation à travers le pays (*NdT*).

et de procréer « au-delà de leur race », plutôt que d'opter pour un regroupement stratégique ? Ce dilemme est rendu d'autant plus pressant par les tendances démographiques actuelles. La coutume de l'unique goutte de sang, encore en vigueur à ma naissance, étant enfin sur le déclin, se pourrait-il que l'avènement d'une population à la peau blanche ou légèrement foncée, comparativement privilégiée (avec de plus en plus d'Asiatiques et de Latinos, et de moins en moins de métissages exclusivement « noirs »), déchargée de telles préoccupations et, comme toute minorité, imperméable aux accusations de « privilège blanc », encourage la mise à l'écart d'une population à la peau sombre, toujours plus stigmatisée ? Serait-il possible, sinon, que les mariages mixtes, lorsqu'ils sont dénués de toute croyance ou aspiration à l'« identité blanche », soient une composante utile, voire indispensable, de la solution à l'impasse d'un racisme sans race ? La réponse à toutes ces questions, me semble-t-il, est *oui*. À partir de là, et vu que nous savons ce que coûterait le maintien du *statu quo*, que sommes-nous censés faire ?

# TROISIÈME PARTIE

## *Autoportrait d'un ex-homme noir*

Du haut de ses quatre-vingt-cinq ans, Geneviève, la veuve du grand-père paternel de Valentine, est une Parisienne dynamique et imposante, élevée dans des pensionnats, entourée de domestiques, et dotée d'un sentiment général de propriété dans le monde que ni Valentine ni moi ne connaîtrons jamais, pour des raisons de « race », de classe et d'évolution démographique entraînant une bataille pour les ressources à l'échelle mondiale. Enfant, elle jouait et faisait de la danse classique avec Brigitte Bardot. Un documentaire qui passe parfois à la télévision française montre une photo des deux adolescentes, coiffées de la même façon et pirouettant à l'unisson, lors de la répétition d'un récital de bienfaisance au Théâtre du Châtelet. C'est une vie qui a l'air magnifique, même tant d'années plus tard. Tous les mois, ou tous les deux mois, Valentine et moi, et désormais Marlow dans notre sillage, parcourons les 90 minutes qui nous séparent de sa maison en Normandie, où nous nous sommes mariés, et où bon nombre des souvenirs marquants de ma femme ont vu le jour. La demeure est assez isolée pour que l'adresse ne comporte pas de numéro. C'est une simple intersection de voies étroites, sillonnant à travers les vergers de pommiers ainsi que les fermes équestres et laitières qui parsèment la route du cidre. De temps en temps, les noms des petites villes et villages sur le chemin sonnent familiers à cause de leur excellent fromage. Cette propriété a toujours été pour Valentine une oasis, qu'elle est logiquement impatiente de transmettre à Marlow tant que la famille la possède. (Ce n'est pas un bien que la génération suivante pourra se permettre de préserver.) Il y a une vieille maison principale, dont une partie servait autrefois à presser les pommes ; une autre bâtisse pour les invités, et plusieurs petites dépendances, toutes dotées de colombages noueux typiques de la région ; et il y a des champs sauvages, des étangs, une pelouse vallonnée, et, pour les rares jours où il fait beau et chaud, une piscine nichée sur le flanc de la colline, entourée d'un jardin de fleurs verdoyantes que Geneviève sait faire resplendir à la perfection. La maison n'est pas fastueuse, mais le domaine est de la taille du parc municipal dans lequel j'ai passé les étés de mon enfance dans le New Jersey. Je suis certain qu'en plus de moi-même et du petit ami de lycée de la cousine de Valentine, les seules personnes noires à avoir foulé cette terre étaient les invités de mon mariage.

Geneviève avait quatorze ans quand les nazis, puis les Américains, réquisitionnèrent la propriété de sa famille en Normandie pour héberger leurs soldats.

Comme mon père, elle a vécu dans un monde que je ne peux pas totalement concevoir. Son frère fut tué quelques semaines à peine après s'être engagé, et elle m'a raconté que la situation était parfois si terrible qu'il se peut qu'elle ait un jour mangé de la chair humaine. Pourtant, une fois le conflit terminé, sa vie revint plus ou moins à la normale, de retour dans les country clubs et à sa place dans les couches inférieures de la plus haute sphère sociale en Europe, laquelle possédait toujours un immense réseau mondial de colonies et d'influence. Au moment de la rencontrer, même après avoir vu le père de Valentine, j'étais loin de savoir ce qu'elle penserait de moi. Une femme de sa génération, élevée dans une culture qui était tout sauf diverse : cela ne m'aurait pas surpris si elle s'était montrée froide ou distante. Le fait qu'elle n'ait rien été de cela, que nous nous sommes plu presque sur-le-champ, et qu'elle m'a mis à l'aise dans la maison de Valentine, ne fut pas réellement une surprise : après tout, je ne lui avais donné aucune raison de ne pas le faire, et à la différence de l'attitude de beaucoup de Noirs américains qui ont affaire à des Blancs, c'est précisément la manière par défaut dont je m'attends à être traité – même si, encore une fois, je me demande pourquoi il me semble normal de lui attribuer le *mérite* de m'accepter.

Malgré cet accueil bienveillant – ou plutôt à cause de lui –, je me retrouve souvent à penser à la couleur de peau lorsque je suis en Normandie. Valentine, sa petite sœur

Juliette et moi courons bronzer dans le jardin dès que les premiers rayons du soleil transpercent le ciel lourd. La peau de Juliette, dont la famille maternelle vient du Sud, à la frontière avec l'Espagne, devient alors plus foncée que la mienne, de quelques tons, ce dont nous nous amusons tous les deux. Marlow est la plus pâle de la famille en écart-type, et Valentine et moi devons faire attention à la préserver des coups de soleil. Et puis il y a cette peau d'un noir foncé et reluisant, celle du visage qui me fixe depuis la table. Je ne manque jamais de remarquer qu'entre les bois de cerf et les gravures équestres – de petits emblèmes anachroniques de domination –, Geneviève conserve sur sa table basse une étonnante tête d'esclave ou de servante en porcelaine, aux lèvres épaisses et aux yeux exorbités (avec un couvercle et un intérieur creux, destiné à accueillir des bonbons, des clefs et autres babioles). À chaque fois que je suis dans le salon, où trône ce souvenir, je suis incapable de ne pas y prêter attention.

La première fois que je l'aperçus, nous venions de revenir de la piscine, et je me dirigeais vers la salle de bains pour me laver avant le déjeuner. Quand je revins et pris place à table, je voulais que Valentine me dise que ce n'était pas ce que je pensais. Elle rougit. On mangea les montagnes de crustacés que Geneviève avait servis, suivis des traditionnels fromages locaux, et mon esprit se détourna de l'objet. Mais lorsque je m'assis dans le canapé avec mon café, je sentis les yeux de cette tête maudite fixés sur moi ; ils me regardaient, me jugeaient, voire m'imploraient de ne pas oublier. Souvent Valentine et ses cousins cachent cet objet lorsque leur grand-mère a la tête tournée, mais parfois il n'y a pas de façon limpide et diplomatique de s'y prendre, et je n'ai jamais insisté sur ce sujet, bien que je me sois demandé si cela ne suffisait pas à faire de moi un traître.

Je ne saurais pas expliquer à Geneviève pourquoi je refuse que ma fille voie cet objet quand elle sera assez âgée pour saisir ses implications historiques. Je sais qu'elle serait mortifiée, mais je ne doute pas non plus qu'elle saurait réellement apprécier en quoi ce souvenir me pose un tel problème existentiel. Valentine le comprend, et je m'en suis longuement plaint auprès d'elle ; et pourtant, chose étrange, plus j'en parle, plus je me rends compte que je suis aussi en train de jouer un rôle, de me forcer, même, à une étrange communion avec une colère qui existe quelque part en dehors de moi – une colère qui n'a jamais légitimement était *la mienne*. Derrière elle, l'expérience vécue appartient à quelqu'un d'autre, à un souvenir. Ma femme et moi sommes capables de nous disputer jusqu'à rire de mon tourment, car le grief demeure trop abstrait, trop artificiel. Parmi tous les sentiments que j'éprouve, je n'ai pas celui d'être une victime – au sens d'une souffrance collective. J'ai beau essayer, je ne me vois pas moi-même – ni mon père, ni quiconque que j'aime ou que je connaisse, d'ailleurs – dans cette triste figurine en porcelaine. J'en suis donc réduit à me demander pourquoi ce passé sordide me rattrape et me définit d'une manière plus *authentique* que ne le fait mon présent plus ou moins affranchi (peut-être n'est-il pas entièrement affranchi, mais quelle vie est vraiment parfaite ou comparable à une autre ?), ou le futur encore inconnu de ma fille.

Ce que je sais, en revanche, c'est que certains membres de groupes historiquement opprimés peuvent presque se sentir soulagés de trouver des preuves de discrimination ou de mépris : *Tu t'attendais à quoi ? Évidemment qu'elle a une tête d'esclave aux cheveux crépus sur sa table basse !* pensez-vous naturellement. Le racisme – tout comme la « race » – restera ce qu'il a toujours été, vous dites-vous, et il ne peut y avoir ni fin ni répit. On ferait bien de se réveiller, du coup ! Se réveiller et s'en aller. « Il est plus facile de croire que le monde ne change pas, observa Leon Wieseltier au sujet de l'antisémitisme, que de croire qu'il change lentement. » Cependant, le mal peut être guéri – je l'ai déjà vu. Cette tête d'esclave, avec sa terrible signification, est évidemment troublante ; mais la conclusion que je tire de la dynamique globale de toutes les âmes réunies ici, en Normandie, est loin d'être pessimiste, parce que les bases sur lesquelles des gens comme Valentine et moi se rencontrent et vivent ensemble ont considérablement évolué (et continueront de le faire), et que nous avons réellement fondé une famille métissée, imparfaite mais profondément aimante et ouverte. Ce dont j'ai la conscience la plus aiguë, ce sont ces moments tangibles où Geneviève a interagi avec mon père, en chair et en os, ainsi que la chaleur avec laquelle elle a accueilli ma mère et lui, et le fait qu'elle me demande sans arrêt de leurs nouvelles. D'un côté, je ne souhaite pas adopter une position dominante, mais de l'autre, est-il vraiment possible, et *souhaitable*, que dans le visage de l'esclave, je prétende entrevoir mon propre reflet[1] ?

*

Plusieurs fois par an, je m'exprime dans des universités au sujet de mon premier livre, *Une soudaine liberté*, qui

1. Dans le discours public et universitaire d'aujourd'hui, la situation que je viens de décrire serait unanimement considérée comme une « micro-agression ». Selon Derald Wing Sue, le professeur de psychologie dont le travail a popularisé l'expression (inventée par le psychiatre Chester M. Pierce), les micro-agressions sont « les injures, humiliations ou insultes, verbales, non verbales et ambiantes, qu'elles soient intentionnelles ou non, qui, au quotidien, communiquent des messages hostiles, méprisants ou négatifs envers une population donnée, sur la seule base de leur appartenance à un groupe marginalisé ». La gentillesse de Geneviève à mon égard, et à celui de ma famille, est en soi importante, et elle compte à mes yeux, mais il est vrai qu'elle n'est qu'une interaction isolée, et que la tête en porcelaine fait partie d'une matrice plus large – celle d'une imagerie dégradante à l'encontre des Noirs –, indépendante de son comportement envers moi, ainsi que de la réalité de ses intentions. Il s'agit là du résidu d'un racisme plus flagrant, qu'il est très difficile d'éradiquer, et qui est souvent intériorisé par les Blancs comme par les Noirs, au détriment de ces derniers. Toutefois, la seule question à laquelle il est en mon pouvoir de répondre est la suivante. : « Est-ce que tu vas accepter d'en souffrir ? » Au bout du compte, ma réponse la plus sincère est : « Non, je ne vais pas m'autoriser à en souffrir. » Tant que nous continuons de travailler à la création d'un monde dépassant les races et le racisme – et que nous y parvenons par soubresauts –, il demeurera un nombre incalculable de petites situations regrettables telles que celle-ci, des cas de micro-agressions qui se développent à la frontière entre un passé raciste et un avenir plus parfait. On peut soit s'en saisir et les rendre explosifs, soit, lorsque c'est possible, les minimiser. Pour ce faire, il est inévitable que quelqu'un fasse le premier pas. Or je suis davantage décidé à atteindre cet avenir plus parfait qu'à attendre à tout prix un geste de l'autre.

dresse un portrait personnel de l'influence de la culture urbaine sur la jeunesse noire. Depuis mon mariage avec Valentine et mon installation en France, et surtout depuis la naissance de Marlow, j'ai de plus en plus de mal à tenir un discours qui, en 2010 encore, quand le livre fut publié aux États-Unis, me semblait attaché de manière inextricable à mon être le plus profond. Cela tient notamment au fait qu'une bonne partie de mes interventions, du moins pendant les premiers temps, avaient lieu dans des universités historiquement noires, où le genre de culture hip-hop que je critique mais ne partage plus (principalement du fait de mon âge) ne forme rien d'autre que l'air que respire mon public adolescent. Mais c'est aussi parce que mon expérience « noire » a dévié de la leur de façon drastique et manifeste.

Lors d'un de ces événements, en Floride, je rencontrai un petit groupe d'étudiants de première année, juste avant mon discours devant l'ensemble de l'université. Au cours de notre échange, un garçon à la peau sombre, aux superbes dreadlocks méticuleusement torsadées et à la mine insondable, me demanda presque dans un murmure pourquoi les Blancs « nous détestent tellement ». À part moi, je crois que personne ne fut véritablement surpris par la question – pas même le mondain professeur de médiologie qui dirigeait les débats. Alors que je peinais à élaborer une réponse satisfaisante, je fus frappé par la pensée qu'à l'instar de beaucoup de ses pairs, qui acquiesçaient en hochant la tête – mais aussi comme de nombreux Noirs de tout âge, tout revenu et tout niveau d'éducation à travers le pays, et comme ma propre famille, au Texas, jusqu'à ce que mon père inverse la tendance –, ce jeune homme n'avait probablement jamais côtoyé de près ni aimé une personne blanche ; et l'inverse était probablement tout aussi vrai. Ce qui me vint à l'esprit fut simplement de lui dire qu'il y a bien sûr des personnes racistes, dont il faut se méfier, mais que selon moi, la plupart des Blancs ne détestent pas *activement* les Noirs ; la vérité, à en croire mon expérience, est moins dramatique : la plupart des Blancs ne pensent pas aux Noirs – ou ne veulent pas y penser –, du moins pas sérieusement, ni avec le niveau de nuance ou de patience adéquats. Et ils n'ont ni assez d'imagination, ni assez de volonté pour tenter de le faire.

Cette ségrégation *de facto* et cette aliénation mutuelle nous sont préjudiciables à tous, Noirs comme Blancs – comme James Baldwin, Martin Luther King et de nombreux autres l'ont souligné avec éloquence, elles dépossèdent les uns de leur humanité tandis qu'elle rend les autres inhumains par excès d'indifférence. Toutefois, même si j'adorerais que la théorie contre-intuitive de Baldwin puisse s'appliquer à mon grand-père, ce sont bien les Noirs qui restent les premières victimes. La vie m'a donné une perspective que la plupart des Américains n'ont jamais connue (quelle que soit leur couleur), mais à laquelle de plus en plus d'entre eux seront exposés, à mesure que s'étend la population métisse. Et si cette perspective est une chance, elle a aussi un coût – à savoir la terrible prise de conscience qu'énormément de gens demeurent « inaccessibles » et ne se laisseront jamais atteindre –, un coût que je n'ai peut-être jamais autant ressenti qu'en étant dans le secret de mécanismes que j'appellerai, à défaut d'un meilleur terme, le privilège de l'insouciance.

L'été 2014 fut celui où bon nombre d'entre nous avons dû nous habituer à un nouveau spectacle. Des vidéos virales d'hommes (et d'enfants) noirs à l'agonie sont venues inonder nos téléphones et nos ordinateurs. Nous consommions ces images, soit dans un état de rage, soit pour satisfaire une curiosité morbide, ou encore pour y scruter le moment avant ou après l'action qui pourrait peut-être, à tout hasard, rendre leur mort justifiable. Les différents cas et leurs issues judiciaires respectives me touchèrent chacun à sa façon. Pour moi, le refus de condamner l'agent de police Daniel Pantaleo, ne serait-ce que pour homicide involontaire, après l'assassinat filmé d'Eric Garner, un homme inoffensif qui vendait des cigarettes à l'unité sur Staten Island, fut associé dans mon esprit et ma conscience à l'exécution quasi immédiate et demeurée impunie, à Cleveland, de Tamir Rice, un garçon de douze ans armé d'un pistolet en plastique. Toute une série de meurtres abominables vinrent s'ajouter à ceux-ci et suscitèrent en moi beaucoup de tristesse et de réflexion.

Après le verdict de Staten Island, je décidai avec Kris, un proche ami photographe qui est noir lui aussi, de mener à bien un projet dont nous discutions depuis l'été précédent. Nous avons ainsi lancé un compte Tumblr qui compilait les histoires orales et les portraits d'une variété d'hommes noirs aussi large que possible. Notre objectif était simplement, à notre petite échelle, de complexifier la compréhension encore trop souvent rudimentaire de ce que signifie être un homme « noir » en Amérique. Nous avons publié un appel à candidatures sur Facebook, et comme on pouvait s'y attendre, nous avons reçu beaucoup de retours positifs et d'encouragements de la part d'amis de toutes les couleurs. L'initiative semblait assez consensuelle.

Subitement ma cousine blanche de vingt ans, Hope, avec qui je n'avais jamais échangé que des platitudes et des plaisanteries, s'immisça dans le fil de la conversation, furieuse, pour remettre en question jusqu'au désir même de raconter les histoires d'hommes noirs. « Et vous allez faire la même chose avec les Blancs ? Peut-être qu'il y a très longtemps, la vie d'un homme noir aurait été considérablement différente, sans qu'il y soit pour rien… mais aujourd'hui je pense que si la vie d'un homme noir est différente de n'importe quelle autre c'est son choix et sa responsabilité. Ta peau ne définit plus qui tu es, à moins que tu le choisisses. »

Ma cousine a toujours vécu dans la vallée du Comté de Los Angeles. Nous ne nous sommes vus que quelques fois. En fin de compte, c'est pour moi une inconnue. Je ne peux prétendre connaître son âme, ni même un grand nombre d'informations pratiques à son sujet. Mais à en juger par le peu dont j'ai eu vent, sa vie a été *beaucoup* plus dure que la mienne à presque tous les égards. Pourtant, de l'avis de tous – y compris du mien –, elle peut se montrer douce et attentionnée, malgré un côté volontairement ignorant et étroit d'esprit. La dernière fois que je l'ai vue, c'était au mariage magnifiquement métissé de mon frère, au nord de New York. Elle et lui avaient récemment sympathisé en Californie après avoir fait du rallye hors piste, joué au poker et parlé football américain. Je sais que ma cousine apprécie mon frère et je dirais même qu'elle l'aime – selon sa compréhension simplificatrice du terme. Ce qui est frappant, cependant, c'est qu'elle semble croire que sa proximité avec lui ainsi qu'avec plusieurs autres individus « non blancs » puisse automatiquement exclure toute possibilité de discrimination ou de préjugés de sa part. Elle ne « déteste » pas les Noirs, j'en suis à peu près certain, mais ce qui est le plus glaçant à mes yeux, c'est à quel point elle manque de curiosité et du désir de réfléchir sérieusement aux expériences qui diffèrent un tant soit peu de la sienne. Rien dans sa vie ne l'y force ni l'y encourage. C'est là le plus grand obstacle à la compréhension mutuelle à grande échelle – et ce n'est pas qu'un problème « blanc », loin de là.

Je repense souvent à un passage d'*Une colère noire*[1], l'essai épistolaire de Ta-Nehisi Coates qui a eu beaucoup de succès et d'influence. L'auteur y relate l'épisode où une femme blanche irascible, en sortant d'un cinéma de l'Upper West Side, pousse son fils qui « lambinait », et lui crie impatiemment « Allez ! ». Coates, un homme au physique imposant, réagit ainsi :

« D'abord, la réaction de n'importe quel parent lorsqu'un étranger pose la main sur le corps de son enfant. Ensuite, mon sentiment d'insécurité, de doute sur ma capacité à protéger ton corps noir [...]. Je n'étais conscient que d'une chose : quelqu'un avait fait prévaloir ses droits sur le corps de mon fils. Je me suis retourné et je me suis adressé à elle. *Mes paroles étaient de feu, elles brûlaient de l'intensité de ce moment particulier et de mon histoire tout entière.* La femme s'est rétractée sous le choc. Un homme blanc, à côté de nous, a pris sa défense. Je l'ai perçu comme une tentative de sauver la princesse des griffes du monstre. Il n'avait rien manifesté de similaire pour mon fils. Et il était maintenant soutenu par d'autres personnes blanches dans la foule qui s'amassait. Il s'est approché de moi, a haussé le ton. Je l'ai repoussé. Il m'a alors dit : "Je pourrais vous faire arrêter !" Je m'en fichais. Je le lui ai dit, et le désir d'aller beaucoup plus

1. Ta-Nehisi Coates, *Une colère noire. Lettre à mon fils*, traduction de Thomas Chaumont, éditions Autrement, 2016 (*NdT*).

loin bouillonnait dans ma gorge. » [J'ai moi-même mis certains termes en italique.]

Telle que Coates la représente, cette femme n'est pas un sujet moralement faillible et autonome, avec sa propre histoire et ses propres névroses, mais la représentante de forces sociales plus larges et impersonnelles. Je n'écarte pas la possibilité qu'elle soit tout bonnement raciste, mais Coates ne lui accorde jamais le bénéfice du doute en imaginant qu'elle puisse être autre chose – quand bien même cette chose serait aussi peu flatteuse, à savoir une personne méchante, mesquine, qui aurait pu tout aussi bien bousculer l'enfant blond ou chinois qui se serait trouvé devant elle. Il n'estime pas que sa réaction disproportionnée – « Mes paroles étaient de feu, elles brûlaient de l'intensité de ce moment particulier et de mon histoire tout entière » – est exagérée ou inappropriée, ni qu'elle risque d'être interprétée comme telle par ceux qui se tenaient « à côté », pour des raisons qui sont liées davantage à la carrure et à la colère de Coates qu'à tout autre chose. Il ne semble pas se rendre compte que tant que les Noirs pourront être aussi facilement provoqués – tant que cette douleur ancestrale à peine enterrée stagnera à la surface –, nous ne serons jamais libres ni égaux.

Ailleurs dans le livre, Coates confesse qu'il ne connaissait pas vraiment de Blancs lorsqu'il était enfant : il ne les voyait qu'à la télévision. Il condamne ainsi la ségrégation encore ancrée dans notre pays. Mais même adulte, il semble ne toujours pas les côtoyer de près. Il tend à leur attribuer plus de pouvoir et d'autosatisfaction qu'en ont réellement la plupart d'entre eux. Il écrit que les Blancs « pensent qu'ils sont exempts des défauts de l'humanité », alors même que les profits de l'industrie pharmaceutique ou du développement personnel devraient tirer le signal d'alarme. Lorsqu'il visite Paris, il y voit des personnages de bande dessinée : « ces hommes en pantalon couleur saumon, vêtus de lin blanc et un pull noué autour du cou, ceux qui disparaissaient au coin d'une rue et réapparaissaient après avoir fait le tour du pâté de maisons dans leur voiture de luxe décapotée, et qui aimaient la vie. Tous en train de fumer. Tous sachant que les attendait bientôt une mort atroce ou un truc dingue ».

C'est une vision insensée, un fantasme qui aplanit les différences psychologiques et matérielles au sein des groupes et entre ceux-ci, et qui ne sert qu'à renforcer un sentiment de souffrance permanent qui ne correspond pas nécessairement à son propre vécu. Si c'est *ainsi* que l'intellectuel le plus en vue et le plus écouté de notre pays – quelqu'un censé expliquer les questions complexes de race et d'identité – comprend les actions, les expériences et les motifs des différentes personnes blanches qu'il rencontre – avec plus de force et d'éloquence que ma cousine, à n'en pas douter, mais avec un manque de souplesse et de générosité étonnamment similaire –, alors je crains que nous passions encore un bout de temps à nous chamailler, au lieu de chercher une vérité commune.

Ce n'est qu'en faisant des recherches au sujet d'Adrian Piper, et en passant du temps avec elle au printemps 2018, que j'en vins à apprécier pleinement le casse-tête tragique de l'incommunicabilité raciale. Dans un essai publié en 1992, *Passing for White, Passing for Black* (« Passer pour Blanc, passer pour Noir ») – où elle offre un regard éminemment sincère sur la façon dont les Blancs et les Noirs se trompent dans la lecture, la perception et la représentation qu'ils ont à la fois d'eux-mêmes et des autres –, Piper évoque les cas où elle fut prise pour une Blanche par des ouvriers noirs de Harlem, qui soit la taquinèrent, soit lui demandèrent de se soumettre à un « test de souffrance ». Elle note que ces échanges furent personnellement humiliants, mais qu'ils servirent à lui donner « un aperçu de ce que ressentent les Blancs lorsqu'ils sont la cible de la colère justifiée et profondément ancrée des Noirs. Comme cette colère est simultanément légitime et (parfois) arbitraire, notre sens de la justice est bouleversé. On se sent à la fois injustement accusé ou harcelé, et coupable ou honteux d'être le genre de personne qui pourrait mériter de telles accusations ».

Si elle n'excuse en rien le racisme anti-Noirs, Piper – il y a vingt-cinq ans de cela – met le doigt sur un moyen d'appréhender, au moins partiellement, la psychologie tortueuse de la réaction blanche. Ce moyen est ancré dans une double perspective peu commune, qui paraît bien plus utile à cette époque de populisme grandissant que le discours contemporain généralisateur tenu par des écrivains comme Coates, centré sur une implacable suprématie blanche. Dans une situation telle que celle évoquée plus haut, Piper explique : « On peut se braquer, s'énerver, et distiller cette expérience comme du petit bois pour alimenter ses préjugés racistes. Ou alors, on peut se détacher émotionnellement et s'éloigner physiquement des agresseurs, de telle sorte que leurs défauts et leur manque de vision, de connaissances et de sensibilité se fassent plus évidents, et rendent plus facile le pardon de leurs imperfections humaines mais plus difficile de les voir comme vos égaux. »

Il y a beaucoup de racistes, et on le sait. En plus des bigots purs et simples, il y a aussi bon nombre de Blancs fainéants, comme ma cousine, qui ne seront peut-être jamais capables de réfléchir sérieusement à leur aveuglement pour devenir des partenaires de bonne foi dans quelque interaction constructive que ce soit. Mais c'est cette dernière chose dont parle Piper, la réaction détachée qu'elle identifie – la distanciation, et la condescendance concomitante et souvent inconsciente – qu'adoptent cependant beaucoup de Blancs qui *pourraient* être approchés et qui ne se considèrent pas comme des racistes. C'est en partie le message que j'ai si maladroitement essayé de transmettre à l'étudiant tourmenté qui me demandait pourquoi les Blancs nous détestent. J'essaye de garder à l'esprit l'observation de Piper, alors même que je vois mes relations avec certains membres de la famille de ma mère – envers qui je me découvre condescendant – tomber en mille morceaux, peut-être sans espoir de retour, à cause justement de ce genre de défaut fatal de communication.

J'ai envie de briser ce cercle vicieux, mais l'arène des réseaux sociaux rend la démarche toujours plus difficile. Cela fait maintenant plusieurs années que Facebook m'a révélé le profond conservatisme de ces membres de ma famille. Ce sont des gens, telle ma cousine Hope, que j'ai connus et appréciés dans la vie réelle, surtout à distance, mais dont je n'avais aucune idée des opinions politiques jusqu'à ce que l'on se découvre mutuellement sur les réseaux sociaux à la fin de l'ère George W. Bush. Dès que l'on a commencé à se voir l'un l'autre virtuellement – et, paradoxalement, à la fois plus profondément et plus étroitement –, nous avons dû apprendre à composer avec des silences gênés. Mais ces assassinats policiers extrajudiciaires captés par la caméra se sont révélés trop puissants contre la politesse des réseaux sociaux. Le mari de ma tante, un vétéran blanc de la Géorgie rurale, un homme qui s'est toujours montré gentil envers moi, s'est mis à parler des Noirs en exprimant son angoisse face à des situations où l'on « joue la carte de la race » – ce qui ne manqua pas de m'alarmer. Lui-même électeur de Bush, il qualifia un jour l'administration Obama de désastre total et complet, en désignant le président comme « le moins intelligent » de toute l'Histoire. C'était une étrange sensation que de voir mon oncle sous ce jour, car si je sais qu'il dirait lui aussi qu'il aime les membres non blancs de sa famille, ces sentiments-là étaient clairement renforcés par de longues années de fractures raciales.

Les commentaires de mon oncle et de ma cousine m'ont rappelé le tweet d'un compte parodique de Chris Rock, dont il n'est probablement pas l'auteur mais qui a beaucoup circulé après le verdict de Ferguson : « Je viens de trouver une nouvelle app qui te dit lesquels de tes amis sont racistes. Ça s'appelle Facebook. » Quelle que soit la transparence idéologique que cette plate-forme avait encouragée, elle devint tout bonnement insupportable dans les périodes qui précédèrent et suivirent l'élection de Trump en 2016. Et c'est en grande partie ce qui rend le pessimisme intransigeant de Coates – et d'autres – aussi populaire malgré sa terrible contre-productivité. Je ne peux pas m'empêcher de revenir à une sensation qui me déchire depuis la fin du premier mandat d'Obama, après que cette promesse enflammée mais *a posteriori* tristement éphémère d'une société « post-raciale » eut commencé à s'évanouir définitivement : de façon non pas totale mais significative, ce funeste retour de bâton constituait le spasme collectif du sentiment, quel qu'il fût, que mon oncle et ma cousine avaient exprimé.

Ma propre existence m'a montré à maintes reprises que si le racisme persiste, il peut être transcendé – avant tout par les relations humaines. Avec tant de voix dirigeant aujourd'hui une colère contenue depuis des générations envers des cibles qui ne sont peut-être pas exemptes de tout reproche, mais qui sont également trop larges et trop générales pour la mériter entièrement – et avec d'autres voix qui s'insurgent contre cette colère tout en l'exploitant –, comment pouvons-nous nous concentrer sur la possibilité d'une transcendance sans nous embourber dans la reconnaissance de préjugés persistants ? Quand je vivais à Berlin à l'automne 2017, je me mis à beaucoup réfléchir à la notion de *Sonderweg* présente dans l'étude de l'histoire allemande – littéralement, la « voie particulière » que le peuple allemand a été appelé à suivre. Selon les époques, et selon ceux qui l'employaient, le terme revêtit des significations différentes. Durant la période impériale, il commença comme un mythe positif que certains intellectuels allemands entretenaient au sujet de leur système et de leur culture politiques. Pendant et après la Seconde Guerre mondiale, il devint clairement négatif, devenant un moyen pour les étrangers de rendre compte de la singularité des crimes allemands. Pourtant, qu'il vienne de l'intérieur ou de l'extérieur, de la gauche ou de la droite, ce point de vue impliquerait que tous les Allemands partagent une essence collective – une particularité – capable de *tout* expliquer à leur sujet. C'est ainsi qu'on peut parler d'une trajectoire « de Luther à Hitler », et interpréter l'Histoire non pas comme un fouillis chaotique, mais comme un processus net et linéaire.

Il y a quelque chose à la fois de terrifiant et d'étrangement réconfortant dans une telle formulation. Pour le meilleur ou pour le pire, elle relègue de nombreuses questions essentielles au-delà de la liberté de choix ou d'action. Elle imagine les Allemands comme autant de marionnettes glorieuses ou effroyables, agents puissants de forces qui malgré tout les dépassaient. Une théorie unificatrice comparable s'est implantée aux États-Unis. Ses racines reposent sur le triple péché de l'esclavage, du vol de terres et du génocide. Dans cette optique, les conditions qui ont vu naître notre pays ne conservent pas seulement un écho à travers les âges, mais elles déterminent notre présent. Indifférent à nos espoirs, ce péché originel – la suprématie blanche – viendrait tout expliquer, tel un *Sonderweg* proprement américain.

L'aspect le plus choquant du discours antiraciste d'aujourd'hui est la façon dont il reflète des conceptions de la race – à commencer par la particularité de l'identité blanche – que chérissent justement les penseurs de la suprématie blanche. L'antiracisme « éveillé » part du principe que la race est *réelle* – à défaut d'être biologique, elle serait une construction sociale, et donc aussi déterminante, sinon plus –, rejoignant ainsi les présomptions toxiques du suprématisme blanc, qui insiste lui aussi sur l'importance des différences raciales. S'ils aboutissent à des conclusions opposées, les racistes et de nombreux antiracistes ont en commun l'obsession de réduire les gens à des catégories raciales abstraites, tout en se nourrissant et en se légitimant mutuellement, tandis que ceux d'entre nous qui recherchent les zones grises et les points communs se font manger des deux côtés. De part et d'autre, l'identité raciale se voit sacralisée et interprétée comme quelque chose de figé et de déterminant, d'une ampleur presque surnaturelle. Cette façon de concevoir les différences humaines est séduisante à bien des égards, mais elle a échoué.

Dans les années suivant l'élection de 2016, j'ai été consterné d'observer un démagogue opportuniste provoquer des tensions raciales à travers tout le pays, voire au sein même des familles, mais j'ai aussi été troublé de voir des amis blancs bien intentionnés se flageller sur mon fil Twitter et Facebook, en s'excusant sincèrement ou théâtralement de leur « blancheur », comme s'ils étaient nés dans le péché originel. L'écrivain et linguiste John McWhorter (qui se trouve être noir) a baptisé cette évolution « la nouvelle religion biaisée » de l'antiracisme, ou « l'idée actuellement répandue selon laquelle les personnes blanches éclairées devraient "reconnaître", j'imagine régulièrement (rituellement ?), qu'elles possèdent un Privilège Blanc, écrit-il dans un article de 2015. Les cours, les séminaires et les colloques sont consacrés à faire comprendre aux Blancs la nécessité d'une telle démarche. Théoriquement, cette reconnaissance du Privilège Blanc doit servir de prélude à l'activisme, mais en pratique, c'est la reconnaissance elle-même qui est traitée comme le plat principal [...]. Le fait d'appeler les gens à "reconnaître" solennellement leur Privilège Blanc, comme un acte autonome et totémique, est justifié par le même raisonnement que celui qui conduit les chrétiens à reconnaître leur nature pécheresse. De même que ceux-ci naissent marqués du péché originel, les Blancs naissent maculés d'un privilège immérité. » Autrement dit, ils empruntent cette voie particulière.

Sans excuser les racistes (ou les sexistes), dont tout semble indiquer qu'ils sont à la fois nombreux et enhardis, le discours libéral dominant d'aujourd'hui – qui fait de *tous* les Blancs les seuls véritables acteurs de la nation, et des Noirs et autres minorités leurs malheureux faire-valoir – s'est trop souvent révélé contre-productif. George Packer, qui dans le *New Yorker* analysait de façon prophétique la vague populiste qui submergeait Hillary Clinton, a discuté avec l'économiste Glenn Loury (qui se trouve aussi être noir) du fait qu'un succès basé sur une politique identitaire[1] était en réalité une victoire à la Pyrrhus. L'extrait mérite d'être cité intégralement. « Tel qu'il voit les choses, écrit Packer à propos de Loury, si la race est considérée comme une catégorie politique irréductible, plutôt que d'être incorporée dans des exigences plus larges de justice, elle devient une arme que quiconque peut récupérer et employer. "Il faut faire attention, prévient [Loury]. On ne brandit pas l'épée de la politique identitaire sans en mourir." Sa logique

1. Aux États-Unis, les adeptes des *identity politics*, soit « politique identitaire » ou « politique d'identités », s'intéressent en priorité aux questions directement liées à leur identité raciale, religieuse, ethnique, sexuelle, sociale ou culturelle, et forment des alliances politiques exclusives avec d'autres membres de ces groupes, par opposition aux partis politiques traditionnels (*NdT*).

regroupe tout le monde – y compris les Blancs bientôt en minorité – dans un groupe d'intérêt donné. Le nationalisme des uns renforce les sentiments tribaux des autres, dans ce qui ressemble à un jeu à somme nulle. "Je ne sais vraiment pas comment l'on peut demander aux Blancs de *ne pas* être blancs dans le monde que l'on crée, dit Loury. Comment n'y aurait-il pas d'intérêts blancs dans un monde où existent ces autres intérêts-là ? Ma réponse est que nous ne devons pas perdre de vue l'objectif fondamental de l'Amérique : un humanisme qui transcende les races. C'est l'abandon de cet objectif auquel je m'oppose aujourd'hui". »

Bien sûr, les Noirs et certains Blancs ne pourront pas véritablement « renoncer » à leur race tant qu'un nombre important de Blancs ne se joindra pas à leur démarche ; mais même les Blancs les mieux intentionnés ne pourront pas davantage le faire s'ils sont totalement isolés. Nous sommes une nation composite, faite elle-même de gens composites, et – n'en déplaise aux fantasmes de l'*alt-right* (la droite fasciste américaine) à propos d'un ethno-État réservé aux Blancs dans le Montana et le Nord-Ouest Pacifique[1] – nous sommes

1. L'« Impératif territorial du Nord-Ouest » (ou l'« Impératif Nord-Ouest ») est une utopie séparatiste blanche popularisée depuis les années 1980 par les groupes nationalistes et suprématistes blancs aux États-Unis. Des Blancs aux idées similaires sont encouragés à se réinstaller dans une bande de cinq États du nord-ouest des États-Unis, à savoir Washington, l'Oregon, l'Idaho, le Wyoming et le Montana occidental. (La Californie du Nord, le nord-ouest du Colorado, le nord de l'Utah, l'Alaska, la Colombie-Britannique

condamnés à vivre ensemble. Les fractures raciales suscitées et renforcées par l'élection de 2016 constituent un gigantesque pas dans la mauvaise direction ; c'est indéniable. Mais le repli sur nos identités étriquées – même lorsque celles-ci ont été forgées par une souffrance légitime et imposées par la bigoterie des autres – ne fait qu'attribuer une nouvelle victoire à ceux qui s'opposent à une société saine. Pour renverser ce sinistre paradigme, les gens réfléchis et de bonne volonté, où qu'ils se situent sur le spectre politique, vont devoir trouver un nouveau vocabulaire pour dépasser les catégories raciales abstraites et les réflexes tribaux. Se contenter de qualifier la race de « construction » ne suffira pas. « Considérer la race comme un fait social équivaut à reconnaître que nous avions tort de croire qu'elle était un fait biologique puis à soutenir que nous devrions continuer à commettre cette erreur », avance avec véhémence le critique littéraire Walter Benn Michaels dans son livre *La Diversité contre l'égalité*[1]. Un rejet durable du trumpisme, ainsi que du racisme et de la xénophobie qui l'animent, exige de faire appel à des moyens plus sincères et plus profonds de se mélanger les uns aux autres, et non seulement de se tolérer. Ceci, à son tour, devra reposer sur l'expression convaincante d'idées

et l'Alberta sont parfois inclus.) Le but final est de déclarer la région « patrie aryenne ».

1. Walter Benn Michaels, *La Diversité contre l'égalité,* traduction de Frédéric Junqua, Raisons d'agir, 2009 (*NdT*).

partagées et de valeurs démocratiques accessibles à tous, indépendamment de l'histoire de chacun.

Pappy m'a toujours mis en garde contre l'épreuve d'être *vu* comme un homme noir en Amérique – c'est-à-dire contre les différentes contraintes, à la fois visibles et cachées, qui, pour reprendre le vocabulaire d'aujourd'hui, agissent sur « les corps d'apparence noire », et donc, de manière considérable, sur les esprits qui se reconnaissent comme tels. Toutefois, même dans les pires situations, ces contraintes ne m'ont qu'indirectement concerné. À ma connaissance, au cours de ma vie d'adulte, je n'ai jamais souffert de mon apparence ni de mes origines ; les gens ne changent pas de trottoir lorsqu'ils me croisent, et la seule fois où je me suis fait arrêter en voiture, c'était pour excès de vitesse – et je n'irai pas chercher plus loin. Ce n'est pas que je n'aie jamais fait l'expérience de la discrimination, ni soupçonné d'en être victime. Qui plus est, il n'est pas nécessaire que votre vie soit en danger, ni même que la situation soit violente pour que celle-ci vous bouleverse profondément. Il y eut cette fois à Munich, il y a trois ans, où l'on m'a expressément refusé l'entrée dans la même boîte de nuit qui accueillait à bras ouverts mon ami blond, Kevin. Ou encore ce jour, à Manhattan, où Josh et moi sommes allés ensemble à un rendez-vous d'affaires, au cours duquel notre interlocuteur blanc pouvait uniquement se résoudre à regarder et parler à mon partenaire juif, même lorsqu'il me répondait à moi. Il y a eu d'autres circonstances en plus de celles-ci, aussi rares et éloignées soient-elles, en Amérique et ailleurs. À partir de là, je ne peux qu'imaginer ce qu'il en coûte d'endurer quotidiennement de tels affronts, ainsi que le doute et la fragilité qui s'ensuivent. Bien qu'une certaine ambiguïté soit restée attachée à ma peau non blanche, ce dont je suis le plus certain – et qui d'ailleurs fut pour moi une source d'angoisse paradoxale dans les premiers temps – est qu'il n'y en aura absolument aucune quant à l'apparence de ma fille. On ne lui refusera pas l'entrée à cette même porte, ni à aucune autre. À mesure qu'elle grandit, qu'elle me regarde en souriant, toute innocente qu'elle soit vis-à-vis de ces choses-là, il y a une question que je continue de me poser : qu'est-ce qui, chez Marlow, a été préservé de mon peuple, quel qu'il soit, et de *moi-même*, qui que je sois ? Et la partie plus ou moins superficielle qui a été altérée est-elle en réalité la plus importante ?

Sur ce sujet, la majorité des commentateurs contemporains, qui dissimulent beaucoup de la complexité et des contradictions de l'expérience vécue sous la fausse clarté d'une rhétorique préfabriquée et d'une éthique du ressentiment, n'ont aucune réponse à m'apporter. Aujourd'hui plus que jamais, la quasi-totalité de nos voix les plus sonores au sujet du racisme, en ne définissant l'identité que par « le corps » – quand bien même elles le feraient de manière positive, convaincante et légitimement indignée –, renforcent en réalité les mêmes schémas de pensée racistes dont ils prétendent vouloir triompher. Je ne dis pas cela au sens figuré, mais bien littéralement. *Black Lives Matter*, par exemple, est une cause dont je partage très largement les objectifs – à commencer par la volonté d'attirer l'attention sur les graves abus du système de justice pénale. Pourtant, sa principale prémisse – l'idée que certaines vies soient *essentiellement* noires et d'autres blanches – est à la fois politiquement vraie, dans un certain sens, et de façon plus générale, philosophiquement erronée. Ma cousine de Californie passe à côté d'une chose fondamentale lorsqu'elle s'accroche à une forme d'aveuglement puéril, qui lui permet d'échapper à la tâche de contempler la possibilité et l'omniprésence d'une réelle injustice. Mais je suis convaincu que nous ne pourrons jamais déjouer ces pathologies complexes et tenaces avec les modes de pensée déficients et éculés qui leur ont donné naissance. Si, comme le veut le cliché, l'une des définitions de la folie est de répéter la même action en espérant un résultat différent, comment pourrions-nous y parvenir ?

Ce qu'il faut aujourd'hui, c'est repenser radicalement « la façon dont les différences raciales sont perçues, comment elles nous apparaissent et comment elles génèrent des identités spécifiques », pour citer à nouveau Paul Gilroy. Cela veut dire que nous devons prendre au sérieux le manifeste de Frantz Fanon pour un « homme nouveau », et réussir à donner vie à celui-ci, sincèrement, comme un moyen d'affronter le monde et de se l'approprier. C'est une tâche sans doute vertigineuse, ne serait-ce qu'à contempler. Pour ma part, je peine à me défaire de l'impression que je suis arrivé à un dilemme existentiel, semblable à de nombreux égards à celui qui s'empare des Juifs laïcs. Je sais bien que le but de toutes ces générations de lutte a toujours été la liberté de choisir et de créer son identité dans la dignité ; mais ce sont justement cette autonomie et cette estime de soi tant convoitées qui aujourd'hui menacent d'annihiler l'identité « raciale » qui les a obtenues. Et c'est pourtant précisément ce qui doit se produire à l'échelle nationale. Si nous espérons avancer un jour, nous devons d'abord nous débarrasser de ces costumes dépassés que l'on a été forcé d'enfiler.

*

J'admets qu'il soit plus facile de soutenir le genre d'arguments que je défends lorsque son identité raciale est plus ambiguë. Le racisme persiste, héritier de siècles de préjugés envers certaines couleurs de peau, et semble le problème le plus urgent à traiter lorsque vous en faites les frais. Il peut faire passer les autres sujets pour superficiel ou hors de propos. Mais le jeu n'est pas à somme nulle : on peut à la fois résister au racisme *et* imaginer une société qui dépasse les identités dont il se nourrit. À vrai dire, c'est même cela qu'il faut faire. Lors de ma première conférence sur le thème de ce livre (accompagnée d'une projection de photos de ma famille multicolore), en tant que titulaire d'une bourse à l'American Academy de Berlin, les réactions des Allemands et Américains blancs à mon discours passèrent par toutes les nuances, de l'incompréhension hésitante au soutien feint mais poli, jusqu'au désir enthousiaste d'une sorte de futur véritablement post-racial. (Peut-être y a-t-il eu aussi des cas de condescendance ou de désaccord purs et simples, mais je n'en ai pas eu connaissance.)

D'autre part, bien que de nombreux Noirs dans l'assistance aient aussi manifesté ce qui m'apparut comme un soutien sincère à ma position, d'autres s'y opposèrent expressément. L'une de mes collègues, B., une jeune universitaire aimable et réfléchie, qui est noire, mariée à un homme blanc, et qui a grandi à Zurich, me prit à partie pendant la session de questions-réponses. Je ne savais pas vraiment comment lui répondre : sur le plan intellectuel, je n'étais pas d'accord avec l'interprétation qu'elle faisait de mes propos ; mais au plus profond de moi-même, c'était comme si je devais me *repentir* d'avoir soulevé des objections aussi déroutantes au *statu quo* qui se dressait devant elle – un *statu quo* qui, bien sûr, n'émanait pas de son fait ni de sa volonté, mais qui l'avait très clairement bouleversée. Quelques jours plus tard, elle précisa par email ce qui l'avait dérangé dans mon discours. Ces objections me marquèrent profondément car elles véhiculaient, dans un langage soigneusement pesé et extrêmement convaincant, une bonne partie de la résistance qui m'a été opposée à longueur de temps depuis que j'ai commencé à remettre en question publiquement mon allégeance prolongée aux catégories de couleur qui structurent le système de castes américain. B. travaille elle-même à mettre au jour la longue et fascinante histoire de l'implication des Noirs américains dans la musique classique européenne, faisant ainsi voler en éclats le mythe de la catégorisation raciale à travers le domaine de la musicologie. Je trouve que ses recherches ébranlent brillamment la tendance qu'ont les gens à assimiler, avec plus moins de subtilité, le comportement à l'essence. J'ajouterais seulement qu'on ne peut pas s'arrêter en si bon chemin : si nos comportements sont aussi clairement modifiables, il ne nous reste à vrai dire pas grand-chose d'essentiel.

L'un des dilemmes que les arguments contre la catégorisation raciale finissent toujours par devoir affronter réside dans la tension entre l'universel et le particulier. B. a déploré le fait que l'invocation de valeurs universelles ait toujours servi d'excuse à la suprématie blanche, comme une arme supplémentaire retournée contre les opprimés, dont on a toujours prétexté la particularité (l'identité noire, ou hindoue) pour les priver d'une vie agréable. Vus ainsi, l'universel et le particulier ne constituent que les deux faces d'une même pièce, celle de la domination. Les gens tendent à glorifier l'universel, non pas pour atteindre une vérité *objective* – l'« humanisme qui transcende les races », soit « le socle de l'Amérique » dans les mots de Loury –, mais simplement pour affirmer puis exploiter les inévitables différences. Ainsi les revendications blanches de liberté et d'égalité ont-elles donné naissance à l'esclavage noir, tout comme le rationalisme des Lumières s'est avéré fournir aux Européens les bases intellectuelles, culturelles, technologiques, voire morales, du colonialisme.

Mais ces valeurs – c'est-à-dire, selon moi, le partage équitable de la vérité et des richesses – sont pareilles aux kilogrammes ou à l'heure moyenne de Greenwich : elles n'existent pas par elles-mêmes, et leur mise en œuvre dépend toujours de personnes en chair et en os. Il est vrai que la liberté des Blancs, dans l'Histoire, est souvent allée de pair avec l'aliénation des Noirs, ou avec d'autres formes de restrictions. Cela ne veut pas dire, cependant, qu'il doit en être ainsi pour toujours. Jusqu'à très récemment, l'institution du mariage entre un homme et une femme était intimement liée à son interdiction pour les couples non hétérosexuels. Les cultures et les sociétés, les façons de voir les choses, mais aussi de se comporter, peuvent effectivement changer – et le font réellement – lorsque assez d'individus s'ouvrent à cette possibilité. Nous baignons dans « un monde profondément fissuré par la nationalité, l'ethnie, la race, la classe et le genre, a écrit l'universitaire Henry Louis Gates Jr, qui se trouve être noir. Et la seule façon de transcender ces divisions – de forger, pour une fois, une culture civique qui respecte à la fois les différences et le points communs –, c'est à travers une éducation qui cherche à appréhender la diversité de la culture humaine ».

En d'autres termes, il n'est pas nécessaire d'effacer le particulier ni de dissimuler les différences pour reconnaître la possibilité de l'universel, et pour aspirer à celui-ci. « N'importe quel être humain suffisamment curieux et motivé peut parfaitement maîtriser une autre culture, aussi "étrangère" semble-t-elle », conclut Gates. Cela signifie seulement que n'importe quel homme raisonnablement intéressé et éduqué est capable de dépasser les frontières et les divisions de l'identité, et ainsi de toucher l'universel. Si tel est le cas – et je suis obligé de le croire –, alors les meilleurs aspects de l'universalisme des Lumières – la croyance et la quête d'une vérité unificatrice, et la capacité de discerner celle-ci au prisme d'une raison modérée par la tolérance envers des positions divergentes –, peuvent et doivent être sauvés ou débarrassés des imperfections et des préjugés avérés du passé.

Je dis devoir *croire* possible que tous les hommes sont capables d'une telle transcendance. J'admets que cette idée requiert une sorte d'acte de foi. Je ne peux pas la prouver mathématiquement. Ainsi B. a-t-elle mis en cause la marge de manœuvre réelle de chaque individu. Elle demande si, à partir du moment où tout n'est déterminé que par les structures sociales, les gens sont vraiment libres d'embrasser ou de renier leur identité et leur personnalité. Est-il possible pour un homme « noir » de renoncer à l'être une fois incorporé dans une société racialisée ? Après une récente visite de l'intellectuelle Gayatri Spivak à l'American Academy, B. a souligné que, selon la philosophe indienne, il est très difficile pour les personnes véritablement marginalisées, ou « subalternes », ne serait-ce que de critiquer *verbalement* les sociétés dans lesquelles elles se trouvent.

La question du déterminisme n'est pas évidente[1]. Je ne nie pas l'impossibilité pratique de la transcendance dans le cas de mes ancêtres esclaves, ni même celui des subalternes contemporains dont parle Spivak[2]. Mais je parle

1. Pour l'emmener vers une tout autre direction, Nick Bostrom, philosophe à Oxford, a popularisé dans un article intitulé « Vivez-vous dans une simulation ? », publié en 2003, l'hypothèse de la simulation. Celle-ci suppose que certains membres d'une civilisation avancée et « post-humaine », forte de vastes capacités informatiques, pourrait choisir d'opérer une simulation de la vie de ses ancêtres. Si un tel scénario est possible, explique Bostrom, alors il est presque inévitable. Au bout du compte, le nombre d'univers simulés dépasserait de façon exponentielle l'unique « réalité originelle », et la probabilité qu'il s'agisse justement de celle que nous vivons aujourd'hui est infime. Nous voilà prévenus.

2. Toutefois, l'Histoire fournit bien des exemples d'esclaves, d'Épictète à Frederick Douglass, capables de l'humanité la plus transcendante. Et Spivak elle-même donne des subalternes une définition rigoureusement restrictive : « "Subalterne" n'est pas simplement une façon élégante de parler des opprimés, de l'Autre, de quelqu'un qui n'a pas sa part du gâteau [...]. En termes post-coloniaux, tous ce qui n'a pas ou peu d'accès à l'impérialisme culturel est subalterne – un espace de différence. Or, qui pourrait affirmer que cela s'applique à tous ceux qu'on opprime ? La classe ouvrière est opprimée. Elle n'est pas subalterne [...]. Nombreux sont ceux qui revendiquent la subalternité. Ces gens-là sont les moins intéressants et les plus dangereux. Après tout, que vous soyez une minorité discriminée sur un campus ne fait pas de vous des "subalternes". [...] Ces personnes devraient étudier les mécaniques profondes de la discrimination. Elles font partie du discours hégémonique ; elles veulent une part du gâteau et elles n'y ont pas droit, alors les voilà qui se font entendre, en utilisant ce même discours hégémonique. Elles ne devraient pas se revendiquer

des hommes et des femmes qui vivent dans les démocraties occidentales du XXI^e^ siècle, suffisamment libres pour décider de ne pas reproduire passivement – ou ne serait-ce que sans esprit critique – les désignations raciales qu'ils ont reçues. Je sais qu'il n'est pas à la mode aujourd'hui de se revendiquer existentialiste, mais c'est bien ce que je suis, dans la mesure où je pars du principe qu'en dépit de forces au-delà de mon contrôle, qui m'influencent, me pressent et sans doute me restreignent, je demeure responsable de mes croyances et de mes actions. Même en tant que membre d'une minorité opprimée dans l'Histoire, je peux néanmoins me définir moi-même, et en cela exercer ma volonté, quelle que soit la réaction de la société à mon égard[1]. Heidegger a formalisé l'« Être-jeté », l'aspect arbitraire qui sous-tend notre existence à tous, indifféremment de notre couleur ou de notre culture. Nous sommes tous liés à une chaîne d'actions passées et de relations sociales que nous n'avons pas choisies, mais qui, selon lui, ne déterminent pas entièrement notre futur. Je trouve cette description particulièrement convaincante, même si je réalise qu'elle reste purement spéculative. Soit l'on accepte que les êtres humains sont des sujets – quelque chose de bien plus que de pures

---

subalternes. » Extrait de l'interview de Leon de Kock, « Entretien avec Gayatri Chakravorty Spivak : Conférence des écrivains de la New Nation en Afrique du Sud ».

1. *Toutes proportions gardées* – je ne dis pas que je pourrais sortir de chez moi demain en déclarant que je suis un écureuil.

reproductions de structures sociales préfabriquées –, soit l'on refuse. Mais il n'en reste pas moins que nous nous comportons tous comme si nous agissions librement.

« Je voudrais suggérer que tous ceux capables de délibérer croient forcément au libre arbitre, même s'ils pensent le contraire, avance le philosophe et théologien Greg Boyd, car il est impossible de délibérer sans agir d'après la conviction qu'il revient *à vous* de prendre vos décisions. » Par sa seule remise en cause du libre arbitre, B. a néanmoins exercé le sien, en jaugeant les qualités et les défauts de ma présentation, et en choisissant quels points inclure ou exclure dans sa réponse. « Les gens ont beau *penser* qu'ils croient au déterminisme, ils agissent autrement, et doivent agir autrement, chaque fois qu'ils délibèrent, conclut Boyd. Le grand philosophe américain Charles Peirce estimait qu'une croyance qui ne dirige pas constamment vos actions ne peut pas être vraie. » Je suis obligé d'accepter un certain degré d'autodétermination dans ma vie, car je sais que je ne peux pas constamment m'appuyer sur l'idée que je ne fais pas mes propres choix.

B. se demandait également si j'accordais suffisamment d'attention au domaine des études analytiques multiraciales. Ce n'est pas une question anodine. Il y a à l'université un sentiment généralisé – qui revient à une sorte de territorialisme – selon lequel on ne pourrait pas s'emparer d'un certain sujet sans d'abord se soumettre aux conventions et aux diktats du sous-domaine hyperspécialisé qui le régulent d'ores et déjà. Je ne suis pas un universitaire, et je n'adhère pas à cette opinion, mais B. a raison ; d'autres personnes se sont penchées sur ces sujets avant moi, et j'ai lu beaucoup de leurs écrits. (J'ai également confronté leurs idées à mes propres expériences et observations.)

Si la question de l'identité « métisse » et « multiraciale » est analysée depuis plus d'un siècle, la création du domaine académique des études analytiques multiraciales, d'après le *Journal of Critical Mixed Race Studies*, ne remonte qu'à 2004 environ. Dans l'une de ses publications, intitulée « Paradigmes émergents dans les études analytiques multiraciales », les auteurs G. Reginald Daniel, Laura Kina, Wei Ming Dariotis et Camilla Fojas expliquent que la discipline vise à « mettre en lumière le vaste "brassage racial" qui caractérise l'histoire humaine depuis des temps immémoriaux, mais qui a été ignoré, occulté et effacé par plusieurs siècles d'une pensée eurocentrique soutenant la notion de pureté raciale (et culturelle). » S'il y a eu, dans le passé, un manque « d'attention envers le sujet de l'identité multiraciale », avancent-ils, c'est « dû en partie au fait que les chercheurs américains en sciences sociales, aussi bien que les individus et communautés qui constituaient le principal sujet de leurs études, ont intériorisé non seulement l'hypodescendance [c'est-à-dire la loi de l'unique goutte de sang], mais également des normes monoraciales ». L'association des CMRS (Études analytiques multiraciales) expose ensuite la « mutabilité des races et la porosité des frontières et catégories raciales » et « remet en question l'essentialisme et la hiérarchie des races ».

Ce travail est essentiel. Là où je suis en désaccord profond avec le mouvement des CMRS et son autorité sur le sujet, c'est dans cette déclaration d'intention issue du même journal : « Une remise en question des normes monoraciales [...] ne doit pas être interprétée comme un rejet de formes monoraciales d'identification supposément illégitimes. » Bien que je partage beaucoup de leurs prémisses et observations, j'en tire une conclusion beaucoup plus simple et définitive : si l'idée de séparer les races humaines est déjà une erreur, alors les formes monoraciales d'identification sont fictives et contre-productives – tout comme les identités « métisses » à part entière, puisque chacun est déjà le fruit d'un certain mélange.

Occulter les formes multiraciales d'identification est improbable en pratique, prévenait B., car la diversité physique des hommes – la même qui a poussé Linné à nous classifier – est réellement perceptible. Elle précisait qu'à l'inverse de moi, mais d'elle également, son frère avait la peau très sombre. Comment *lui* pourrait-il bien participer à cette émancipation ? Comment, en d'autres termes, le rejet de la race pourrait-il *in fine* nous permettre d'échapper au piège de la discrimination ? J'ai mentionné plutôt Kmele Foster – un homme à la peau foncée qui refuse l'étiquette de « Noir » – comme un exemple admirable de courage face à la pression omniprésente de se conformer à son apparence. J'ai conscience que son renoncement serait probablement trop abrupt pour la plupart des gens s'ils devaient l'appliquer d'un seul coup.

Il existe également l'approche progressive prônée par Adrian Piper, qui m'a expliqué que quiconque suffisamment motivé peut réfuter sa « race », en commençant par explorer scrupuleusement son héritage génétique et généalogique, et en remarquant les origines hétérogènes qu'il est quasiment certain d'y retrouver[1]. À partir de là, cette personne pourra passer à l'étape suivante – et imparfaite – qui consiste à se décrire, quand on lui demandera, comme « métis » et non comme « noir » (ou « blanc »). Il ne s'agit pas d'une destination finale – c'est l'erreur que je perçois dans le domaine des CMRS –, mais d'un palier utile sur la route d'un rejet radical.

Pour quelqu'un comme le frère de B. – dont l'apparence physique, comme celle de Kmele mais non celle de Piper, conduirait certainement les gens, Noirs comme Blancs, à désapprouver une telle démarche, peut-être durement –, le fait de participer au genre de libération dont je parle ressemblerait fort à un projet intellectuel ou politique rigoureux. Elle mènerait vers une perspective qu'il lui faudrait du temps et des efforts soutenus

1. Par exemple, malgré les apparences, Foster retrace des origines écossaises dans son héritage.

pour en chercher et en apprendre l'articulation (comme il le faudrait à quelqu'un dont la couleur de peau est un marqueur d'« identité blanche »). Je pense honnêtement qu'en prenant part à cette liberté, il pourrait bien s'attirer des moqueries. Tout le monde n'est pas capable de tolérer une telle dérision, mais il est certain qu'un grand nombre de gens convaincus qu'il y a quelque chose de profondément imparfait dans le discours racial actuel, et dans la hiérarchie qu'il sous-entend, pourraient chercher des moyens de s'y opposer. Ainsi, ils contribueraient à abaisser le seuil de moquerie pour le prochain. À plusieurs reprises dans ma vie, j'ai été ridiculisé après m'être déclaré « noir[1] ». Plus récemment, j'ai été fustigé pour avoir refusé cette étiquette. Ces deux réactions sont loin d'être agréables, mais une partie de ce malaise n'est peut-être qu'un tribut à payer sur le chemin de l'autodétermination. Je pense que le jeu en vaut largement la chandelle.

Quoi qu'il en soit, la discrimination n'est qu'un moyen comme un autre de parler du déséquilibre des pouvoirs, comme l'a souligné B., très proche de mon père à cet égard[2]. Que la race existe ou non, le racisme

1. Cela m'est surtout arrivé au lycée, à cause d'une tactique utilisée par certains hommes noirs pour dépouiller l'autre de son statut, à l'occasion de conflits où l'« identité noire » est globalement perçue comme un signe de virilité, et l'« identité blanche » comme plus efféminée.

2. En effet, c'est la seule raison pour laquelle il a perpétué la logique de l'unique goutte de sang, et conditionné mon frère et moi à croire à notre « identité noire » tout en réfutant l'existence des races. Aux yeux de mon père, « la force fait loi » à presque tous les égards, et la dure réalité des choses fait que tous ceux qui ne sont pas considérés comme « blancs » par la société américaine

demeure, tout comme l'inégalité raciale. Que faire dans ce cas ? Le travail qui a le plus marqué ma réflexion sur ce sujet est un livre magnifique de 2012 intitulé *Racecraft : The Soul of Inequality in American Life*, écrit par Barbara et Karen Fields (respectivement historienne et sociologue, elles se définissent comme « afro-américaines »). Dans cet ouvrage, les sœurs Fields avancent que c'est le racisme qui crée la race, et non l'inverse, tout en notant qu'en dépit des efforts de notre société pour s'élever contre lui, nous continuons de considérer la race comme une donnée implacable, et donc à perpétuer le problème. En créant le terme « *racecraft* » (mélange de *race* et de *witchcraft*, sorcellerie), elles dressent un parallèle entre l'existence des races humaines et celle des esprits et des sorcières. Celles-ci ont beau ne pas exister, il reste que dans de nombreuses sociétés, de l'Amérique coloniale à certaines parties de l'Afrique aujourd'hui, en passant par l'Europe d'avant les Lumières, de vraies femmes, en chair et en os, ont été jugées et exécutées sur la base de telles accusations. « En Amérique, affirmer que les races n'existent pas – une vérité – est considéré comme hors de propos », écrivent les deux sœurs.

Une analogie encore plus simple de la race est peut-être tout simplement l'argent : depuis que nous avons abandonné l'étalon-or, nous acceptons tous à un certain

---

sont voués à se voir fondamentalement dépouillés de leurs pouvoirs – à différents degrés, en fonction de nombreux facteurs dont la couleur et la simple chance.

degré que l'argent n'est qu'une abstraction ; pourtant, qui pourrait nier que les conséquences de notre croyance collective en son existence sont aussi réelles que la gravité ou le cancer ? Si la race est pareille à l'argent, alors l'identité blanche a toujours été vue comme le billet de cent dollars le plus rutilant. Les personnes qui se définissent comme « blanches » et qui sont actuellement perçues ainsi – c'est-à-dire un groupe large et confus d'Américains, qui a évolué et grandi au cours des générations successives d'immigration et de métissage – ont tendance à détenir la forme la plus précieuse de monnaie sociale, et bénéficient de manière concrète de notre foi permanente dans la notion de race. On pourra qualifier ce (non)-partage des pouvoirs de « suprématie blanche », de « privilège blanc » ou de tout ce que l'on voudra, et les Noirs à la peau plus claire ainsi que d'autres minorités non noires pourront d'ailleurs trouver des moyens d'y prendre part, car la vie est aussi étrange qu'elle est complexe et contradictoire. Tout cela tombe sous le sens. Mais alors, comment peut-il être moins évident que la reconnaissance de cette situation doive pousser le plus grand nombre possible de Noirs, d'Asiatiques, de Latinos et de Blancs de bonne volonté à se retirer volontairement de cette escroquerie ? En tout cas, elle devrait au moins faire comprendre à tous ceux jugés « non blancs » qu'ils n'ont guère intérêt à continuer d'investir dans une telle farce.

En pratique, tout désinvestissement réel et généralisé

vis-à-vis de la politique de l'identité – et de l'animosité – raciale devrait presque obligatoirement coïncider avec un réveil de la conscience de classe. Vu que nous sommes confrontés à d'énormes défis sociétaux qui traversent les frontières raciales, il s'agirait d'un développement des plus positifs. Des *classes* entières d'Américains qui, en réalité, sont tous plus ou moins vulnérables à tout un tas de choses allant d'une police militarisée[1] à l'inexistence de soins accessibles, en passant par la réalité de la montée des eaux, auront à trouver le langage et l'imagination nécessaires pour se rassembler autour d'une cause commune. L'intérêt massif et persistant pour le socialisme, qui a fait de Bernie Sanders un candidat sérieux à l'investiture démocrate lors des campagnes présidentielles de 2016 et 2020, et qui a propulsé au rang de superstar Alexandria Ocasio-Cortez, la députée new-yorkaise âgée de trente ans, a fourni un aperçu étonnamment convaincant de ce à quoi ce mouvement pourrait ressembler.

Pourtant, j'ai conscience que la réalité est bien plus complexe. Il existe par exemple une grande diversité au

1. En dépit du discours médiatique populaire, la présence d'une police militarisée représente une menace pour tous les Américains, pas uniquement les Noirs. Selon « Les dénombrés : personnes tuées par la police aux États-Unis », une base de données tenue à jour par le *Guardian*, 1 093 Américains ont été abattus par la police en 2016. Sur ce total, 574 étaient blancs, 266 noirs, 183 latinos, 24 amérindiens, 21 des îles de l'Asie-Pacifique, et 24 étaient « autres » ou « inconnus ». Le pire taux par million revenait – de loin – aux Amérindiens, à 10,13. Pour les Noirs il était de 6,66 ; pour les Latinos, 3,23 ; pour les Blancs, qui sont toujours en majorité dans le pays, le chiffre était de 2,9. Les victimes asiatiques, à 1,13, étaient particulièrement rares.

sein des expériences de vie des Noirs. Y soustraire la race, prévient B., est certes prometteur en soi, mais pourrait néanmoins aboutir à un plus grand effacement. Presque tout le monde accepte l'idée que la race n'a aucun fondement biologique, concède-t-elle, mais que nous resterait-il sinon pour vénérer, faire de l'art ou narrer nos vies ? Culturellement parlant, l'identité noire a donné des fruits extraordinaires, des écrits de Langston Hughes aux peintures de Romare Bearden ou au *moonwalk* de Michael Jackson. Les gens *aiment* ces choses-là, et c'est naturel. Comment pourrions-nous nous organiser sur le plan culturel si ce n'est en suivant les contours de la race ?

L'une des choses les plus tristes dont je me suis rendu compte en faisant mes recherches et en écrivant sur le sujet ces dernières années, c'est qu'en réalité tout le monde *n'est pas d'accord* – loin s'en faut – sur le fait que la race n'est qu'une construction sociale. Lors de l'été 2017, dans le cadre d'un article sur l'influence des penseurs français et allemands sur l'*alt-right* américaine, je participai à un entretien avec Richard Spencer, nationaliste blanc et raciste virulent. Il affirma clairement que lui-même et les autres suprématistes blancs qui partagent sa vision des choses ne veulent rien de moins que raviver l'idée d'une race biologique dans le cœur et l'esprit des Blancs américains de tous les jours. « Je crois à 100 % que la race possède une composante biologique et physique qui est tout à fait indispensable », m'a-t-il confié. Comme je l'ai noté plus tôt, cette approche a été discréditée par le consensus libéral après la Seconde Guerre mondiale. Dans les médias traditionnels et le milieu académique, on a au moins superficiellement admis que la race est une construction sociale, bien que ce ne soit pas une réalité scientifique. Mais dans d'autres sphères – qui ne fonctionnent pas selon les conventions des séminaires universitaires –, Spencer a souligné un fait que j'avais longtemps soupçonné : de nombreux Blancs ont la conviction intime qu'*il y a quelque chose de génétique* dans la race. Ils ont simplement appris à ne pas le dire en public, afin de ne pas être qualifiés de racistes.

Il est peut-être plus important de noter, cependant, que « des avancées spectaculaires dans la technologie de séquençage ADN ont été réalisées au cours des deux dernières décennies », comme l'expliquait David Reich, généticien à Harvard, dans un article publié dans le *New York Times* en 2018, et largement repris par la suite. « Ces avancées nous permettent de mesurer avec une extrême précision quelle fraction du bagage génétique d'un individu donné remonte, disons, à l'Afrique occidentale d'il y a 500 ans – soit avant le métissage qui eut lieu, dans les Amériques, entre les patrimoines génétiques ouest-africains et européens qui étaient restés pratiquement isolés au cours des 70 000 dernières années. Nous apprenons, grâce à ces outils, que si la race demeure une construction sociale, les différences d'héritages génétiques, qui se trouvent renvoyer à de nombreuses théories raciales actuelles, sont bien réelles. »

L'argument de Reich n'est pas du tout le même que celui de Spencer. Le premier est un avertissement. « Si les scientifiques peuvent être sûrs d'une chose, c'est ceci : quoi que l'on croie aujourd'hui au sujet de la nature génétique des différences entre populations, c'est probablement faux », prévient-il. Je prends cette mise en garde au sérieux et je suis prêt à accepter qu'il peut y avoir des différences entre plusieurs patrimoines génétiques vastes et isolés, sans pour autant transformer ces potentielles différences en des déclarations plus insidieuses et nébuleuses sur l'essence de la race.

« Comparées aux différences colossales qui existent d'un individu à l'autre, celles entre les populations sont beaucoup plus faibles en moyenne ; il ne devrait donc pas être difficile d'accepter une réalité où varient les contributions génétiques moyennes aux traits humains », conclut Reich. Pourtant, il est essentiel « d'accueillir tout ce que la science révélera sans nul préjugé sur son issue, et avec la certitude que nous pourrons être assez matures pour en maîtriser les conclusions. Soutenir qu'il ne peut y avoir aucune différence substantielle entre les populations humaines ne fera qu'encourager l'instrumentalisation raciste de la génétique que nous souhaitons précisément éviter ».

À supposer que j'exagère la réalité, et que tout le monde soit d'accord pour dire que la race est culturelle et non biologique, serait-ce vraiment une bonne chose ? Si les êtres humains ne sont pas les membres de « bioraces » scientifiquement mesurables, alors pourquoi faire comme s'ils l'étaient ? Pourquoi s'efforcer de fabriquer la race par d'autres moyens non scientifiques ? Si la sorcellerie n'est pas réelle, alors pourquoi agir comme si les sorcières étaient parmi nous ? Quand j'ai demandé à Adrian Piper, l'artiste qui avait « renoncé » à son identité noire, si elle pensait qu'il existait ne serait-ce qu'une chose aussi basique que la sensibilité « noire », elle m'a répondu que non. Son argument, qui mérite d'être sérieusement considéré, est semblable à celui de Henry Louis Gates Jr. : toute culture humaine est accessible et intelligible à tous les êtres humains. (Ce qui ne revient pas tout à fait à dire que toute culture humaine est également importante aux yeux de tous les êtres humains.)

Dans ce cas, qu'est-ce que la sensibilité noire ? Qu'est-ce même que la culture noire ? Bien sûr, il y a les goûts, les traditions, les valeurs, les succès, les aversions, les croyances, les superstitions, et en effet, même les *gènes* – les circonstances – de certains groupes de personnes à des périodes données. On peut se sentir proche de toutes ces choses, les chérir et les préserver, voire estimer qu'elles nous définissent. Pourtant, au sein même de ces limites, la vie humaine demeure bien trop surprenante pour en tirer des assertions générales qui puissent survivre à l'examen.

Un grand nombre d'Américains considérés comme « noirs » ont apporté d'énormes contributions à la musique et à la danse ; c'est un fait indiscutable. Cela signifie-t-il qu'il est *inhérent* à la culture « noire » de savoir bien danser[1], comme c'est le cas de Piper, qui l'a montré tout au long de sa carrière dans des performances filmées hypnotisantes ? Pas si vite, dirait-elle : il y a des « Noirs » qui font de lamentables danseurs (moi, par exemple), de même qu'il y a des femmes et des hommes « blancs » et « asiatiques » qui dansent avec un rythme et une grâce extraordinaires, quel que soit le style, du pas de deux au Milly Rock. La question de la danse est hors de propos. Ce qui importe, c'est la signification que certains groupes ont peu à peu choisi de lui attacher.

Je ne dis pas que les « Noirs » n'ont pas créé le jazz ou le blues, et ainsi révélé au monde des trésors culturels magnifiques. C'est simplement qu'une communauté de gens particulière, à une époque et dans un lieu donnés, ont adapté certaines habitudes et influences dont ils avaient hérité à une nouvelle réalité technologique et sociale, et en accomplissant ces prodiges ils ont initié des traditions qui ont été préservées principalement, mais

1. Dans son essai « Context and Choice in Ethnic Allegiance » (« Contexte et choix de l'allégeance ethnique »), le sociologue Orlando Patterson observe par exemple : « Ce qui est important, chez les Juifs américains, ce n'est pas le fait que leur jour saint soit le samedi, ou qu'ils aient certains rituels ou schémas de socialisation qui leur soient propres, mais ce sont les fonctions de ces rituels pour le groupe : la façon dont ils ont pris l'habitude de maintenir leur cohésion, d'entretenir et de développer leur identité, et d'établir des réseaux sociaux et des modèles de communication qui contribuent à optimiser la position socio-économique du groupe au sein de la société. Une théorie basée sur les symboles et les éléments culturels ethniques est une absurdité, puisque ces symboles sont purement arbitraires et spécifiques à chaque cas. » Autrement dit, il pourrait toujours en être *autrement*.

pas exclusivement, par les générations suivantes qui leur ressemblent. Il n'est pas nécessaire d'altérer notre appréciation de ces prodiges ou de ces traditions, ni même de modifier notre rapport à eux, pour chercher de nouvelles façons de parler, d'appartenir et de s'identifier les uns aux autres qui ne soient pas empreintes d'une vision essentialisée de l'identité, que celle-ci soit une construction biologique ou sociale. Bien au contraire, on peut aisément réfuter les classifications raciales abstraites et *parallèlement* apprécier les communautés réelles et les traditions culturelles qui en sont inspirées. Mon père n'utilisait pas souvent sa chaîne stéréo, mais lorsqu'il le faisait, c'était presque toujours pour y passer un morceau de James Brown. J'adore le son de cette musique, et encore aujourd'hui, lorsque je mets « The Payback », il me renvoie à une tradition qui nous dépasse tous les deux et qui m'émeut. La connexion est paternelle, communautaire, et revêt un sens profond ; pourtant, elle n'a pas besoin d'être érigée en un mythe racial.

Je suis conscient – et de temps en temps, je le ressens encore en moi – de l'effroi qui nous prend lorsque l'on imagine l'absence totale de race. Et je me rends compte également que cet échange avec B. est resté quelque peu théorique. À la fin de son message, elle a amené la conversation vers une note bien plus spécifique et personnelle, qui m'a réellement touché, évoquant les décennies de lutte qu'elle avait endurées pour seulement accepter son corps de petite fille à la peau marron et aux cheveux frisés, lors de son enfance en Suisse. Elle a admis avoir souhaité devenir blanche, parfois, juste pour se rendre la vie plus facile. Ce qui l'a sauvée, et rendue plus forte, fut de se plonger dans l'histoire des chanteurs classiques et dirigeants noirs tels Marian Anderson, W.E.B. Du Bois ou Mary Church Terrell. La découverte de Beyoncé l'a aidée, elle aussi. Après tout ce temps et tous ces efforts pour accepter et redéfinir la race dont la société occidentale l'avait affublée, comment diable pourrait-elle arrêter d'être noire du jour au lendemain ?

Ce à quoi B. fait réellement référence ici est l'*image de soi*. Le grand écrivain Albert Murray, disparu en 2013, et dont le chef-d'œuvre de 1970, *The Omni-Americans*, parvient mieux que n'importe quelle œuvre que je connaisse à démontrer la tridimensionnalité de l'*Homo americanus* – « un peu de l'ingéniosité des Yankees, un peu des pionniers/Amérindiens, ou des coqs de combat des contrées sauvages, et un peu des Noirs » –, suggère que l'usage contemporain de descripteurs tels que « noir » et « blanc », qui baignent dans la non-science, n'est d'aucune aide. Pour Murray, les Afro-Américains (ces personnes dont la culture est « véritablement indigène » aux États-Unis) incorporent toutes les identités et expériences essentielles en eux-mêmes, et sont l'exemple même de la nature fondamentalement « bâtarde » de la nation.

Mais il estimait également que les gens vivent selon des images, et que celles qui prédominent au sujet des Noirs (mais l'observation est valable pour de nombreux autres groupes également), en tant que parfaites victimes de la suprématie blanche, sont inadéquates. B. s'est frayé un chemin hors d'une conception péjorative d'elle-même, basée sur un ressentiment raciste, et elle a trouvé de la force dans la vie d'autres personnes elles aussi désignées comme noires[1], mais qui refusaient de se laisser abattre. Au sens le plus puissant du terme, elle a bouleversé son cadre d'images. Je demande seulement pourquoi l'identification doit être comprise strictement – ou ne serait-ce que principalement – selon une grille de lecture purement raciale. Nous parlons d'hommes et de femmes dont la vie et le travail peuvent – et doivent – inspirer toutes sortes de gens, dont beaucoup ne sont pas noirs. De même, des Noirs peuvent être inspirés – et le sont – par n'importe qui, de Shakespeare à Bouddha. Nous ne sommes pas obligés de limiter nos références et nos inspirations à des groupes identitaires qui perpétuent l'idée d'une différence raciale. Nous pouvons aussi choisir d'élargir notre vision

1. Le discours racial de Beyoncé s'est parfois montré nuancé. Le clip du premier single de l'album *Lemonade*, intitulé « Formation », est un amalgame surréel, aux insinuations politiques, d'images de la Louisiane évoquant l'ouragan Katrina. Une Beyoncé transcendante, insubmersible, est perchée sur le toit d'une voiture de police et chante à son sujet : « Mon père d'Alabama, maman de Louisiane / Mélange l'afro au créole et t'auras une poupée texane. » Cette référence à ses parents n'est pas la seule occasion où Beyoncé s'est identifiée *autrement* que comme entièrement noire – elle a un jour été décrite comme « afro-américaine, amérindienne et française » dans une publicité pour L'Oréal.

de nous-mêmes, et de donner un reflet plus complet de notre condition humaine commune et complexe.

De même qu'une enfant n'éprouve pas automatiquement de l'aversion pour son corps, elle ne perçoit pas instinctivement le monde en termes de race. Ces réflexes-là doivent être appris au gré du contact avec les autres. S'en défaire demande le même processus, ainsi qu'une introspection soutenue et minutieuse. C'est cela qui a réellement sauvé B., et non la conscience de race en tant que telle. Il m'a fallu plusieurs mois, passés à réfléchir à mes propres préjugés et limites, et à vivre avec les objections de B. – en particulier les dernières citées, qui reflète peut-être la pensée de beaucoup de gens que j'aime et à qui je tiens –, avant d'être prêt à leur répondre. Ma démarche me fit revenir à Murray, pour qui le produit culturel le plus révélateur est le blues – au sens le plus extra-musical possible. Selon lui, la force ingénieuse de cette « aide à la vie » – non pas simplement comme un genre, mais comme une forme de philosophie, d'art et d'esthétique stoïques développés et élaborés par des esclaves tenaces et leurs descendants – résidait dans sa faculté à reconfigurer les termes du débat existentiel. La vraie dignité, à ses yeux, celle qui ne peut jamais vous être arrachée car vous *seul* détenez le pouvoir de vous l'attribuer, vient du fait d'accepter les cartes que l'on vous donne et de jouer du mieux possible avec votre jeu. Elle nécessite aussi de comprendre et d'admettre que personne n'a une main parfaite, en dépit des apparences.

Ce que j'aimerais dire à B. aujourd'hui, c'est précisément ce que je compte dire à mes enfants plus tard. C'est aussi ce que j'ai dû comprendre lorsque, après trente-trois ans sans remise en question, et avec le choc de voir ma fille devant moi, je me suis enfin regardé dans le miroir et j'ai décidé que je ne pourrais plus m'identifier aux coutumes et aux images de la plantation – celles du *négrier* –, peu importe le bien qu'elles aient pu faire au passage. Les découvertes intellectuelles et culturelles qui nous ont nourris sont à nous pour toujours. Mais la « sinistre tromperie » qui qualifierait ces choses-là de *raciales* n'est rien d'autre qu'un mensonge qui ne pourra jamais être ennobli.

J'espère qu'autant de gens que possible, de toutes les couleurs de peau et de toutes les textures de cheveux, en viendront à se détourner de l'illusion de la race. Mais je suis loin de penser qu'il soit déraisonnable pour les Noirs de montrer la voie. Non seulement nous avons tout à gagner du démantèlement de l'opposition binaire entre Noirs et Blancs, mais nous avons peu de raisons aussi d'attendre que l'intégralité, voire seulement la majorité, des personnes considérées comme blanches rejoignent nos rangs. Tout ce que B. identifie plus haut montre comment la race – et la catégorie inventée de l'« identité noire », dans laquelle elle-même, tout comme mon père et moi, avons été jetés – a toujours fonctionné comme un *problème* à résoudre dans sa vie, qui la distrayait de ses autres objectifs, drainant une précieuse énergie mentale et spirituelle. Que la race n'ait pas été créée par les gens qu'elle oppresse le plus fortement est une objection qui parle aux émotions, mais une fois que nous acceptons cette vérité, elle ne nous fait guère avancer. La partie qui est coupable d'un méfait n'est pas forcément la mieux placée pour l'évaluer et y remédier. L'écrivain Coleman Hughes, rejoignant la controversée « Parabole de la piétonne » de la juriste Amy Wax (tirée de son livre *Race, Wrongs, and Remedies* [« Race, fautes, et remèdes »] paru en 2009), illustre ce point dans un raisonnement puissant mais terriblement déconcertant sur la pauvreté intergénérationnelle au sein de la communauté noire. Cet exercice mental peut tout aussi bien s'appliquer à notre propos :

Un chauffeur imprudent grille un feu et heurte une piétonne, touchée à la colonne vertébrale. Les médecins informent la piétonne que si elle espère remarcher un jour, il lui faudra passer d'innombrables années douloureuses en kinésithérapie. De toute évidence, elle n'est aucunement responsable de sa blessure ; elle n'est que la victime du chauffeur imprudent. Toutefois le chauffeur ne peut pas la dédommager. Il pourra peut-être régler ses factures médicales, par exemple, mais il ne pourra pas la forcer à suivre ses séances éprouvantes de kinésithérapie ; seule elle décidera ou non de le faire. Pourtant, il se peut qu'elle résiste. Elle écrira peut-être des comptes rendus qui détaillent précisément comment et pourquoi le chauffeur l'a blessée. Lorsque ses kinésithérapeutes se montreront plus exigeants envers elle, elle les accusera peut-être de blâmer la victime. Peut-être même qu'elle croulera sous le poids de cette injustice. Mais cela ne changera rien. La nature de sa blessure exclut toute possibilité que quelqu'un d'autre puisse un jour la soigner.

La nature d'une blessure raciale profonde et ancienne – mais loin d'être éternelle – nous a tous imprégnés, car elle nous a tous fait souffrir, mais elle a touché les Noirs en tant que groupe avec une vigueur particulière. C'est une injustice. Reconnaissons-le, déplorons-le quand nous le devons, mais surtout, mettons-nous sincèrement à rechercher et trouver des façons de la guérir. Je ne peux pas imaginer meilleur début que de réfuter la logique précise qui a créé et perpétué la blessure à l'origine.

Quiconque doute de la pure absurdité de la catégorisation raciale, et de la porosité de nos frontières supposées, aurait à apprendre de l'histoire familiale d'Adrian Piper. Adrian Margaret Smith Piper est née en 1948 à Washington Heights ; c'est là qu'elle fut élevée, ainsi qu'à Riverside Drive. Du côté paternel, elle descend d'une longue lignée de Blancs et de propriétaires terriens noirs à la peau extrêmement claire et aux cheveux raides. Du côté de sa mère, Olive, on trouve des immigrés jamaïcains métissés, issus de la classe des planteurs. Son père,

Daniel, a reçu deux certificats de naissance distincts et contradictoires. Le premier le qualifiait de « blanc », tandis que le second, que sa mère avait demandé en guise de rectificatif, le classait comme « octavon », c'est-à-dire noir à un huitième. Le grand-père paternel de Piper, lui aussi prénommé Daniel, prit la direction opposée après la naissance de Billy, son deuxième fils à la peau légèrement plus foncée, lorsqu'il abandonna femme et enfants et partit à l'Ouest pour fonder une nouvelle famille « blanche » dans l'État de Washington. William, frère de Daniel Sr. et grand-oncle de Piper, vécut sa vie comme un homme caucasien distingué, en fondant la Piper Aircraft Corporation et en se faisant un nom comme « le Henry Ford de l'aviation ». À la fin de sa vie, son visage figurait sur un timbre-poste et sa fortune était assez importante pour offrir un auditorium à sa chère université, Harvard.

Dans son enfance, le père de Piper a connu davantage de privilèges que la majorité des Américains, toutes complexions confondues, en fréquentant une école privée au cœur de la ville, où il fut un athlète séduisant et populaire. Mais en terminale, quand il commit l'erreur d'inviter une camarade blanche à dîner, il fut publiquement montré du doigt et rayé de l'équipe de basket. Dans ses Mémoires intitulées *Escape to Berlin* (« Fuite à Berlin »), Piper écrit que l'incident a provoqué chez son père un tel traumatisme qu'il « cessa de parler à ses camarades et ses professeurs pour le restant de l'année ». Engagé dans l'armée durant la Seconde Guerre mondiale, il s'enrôla en tant que Caucasien, craignant sinon de ne pas voir le combat. Mais le racisme dont il fut témoin en tant qu'homme « blanc » le révulsa, et il ne renia plus jamais son identité noire une fois retourné à la vie civile.

Qu'est-ce donc que la race si un homme, en fonction des moments, peut choisir d'être *soit* « noir », *soit* « blanc » ? Dans ma famille, lorsque je regarde du côté de ma mère et que je vois les publications Facebook de ma tante Shirley à propos de nos ancêtres immigrés, qui ont savamment orchestré leur départ d'Allemagne ; ou lorsque je regarde du côté de mon père sur Ancestry.com et que je contemple les abysses de l'esclavage, j'en conclus que la race n'est pas grand-chose de plus que la différence entre ceux qui descendent des hommes libres et les autres. Mais je sais aussi que j'ai *moi-même* toujours été libre, que je le suis encore aujourd'hui – et que j'ai bien l'intention de le rester. Pourquoi alors devrais-je me laisser, *moi*, définir par la perception du négrier ? Pourquoi *quiconque* devrait-il l'accepter ?

Ce n'est qu'une fois que je me retrouvai à dîner avec Piper, dans un restaurant situé dans une ancienne école juive pour filles à l'est de Berlin – longtemps après avoir commencé à réfléchir et écrire au sujet de l'évolution « raciale » de ma famille –, qu'il devint clair à mes yeux que la vraie liberté, celle qui vient de l'intérieur, de notre esprit, n'est jamais quelque chose qu'une autre personne pourra nous donner, mais plutôt une chose durement acquise, que les intéressés devront aller chercher par eux-mêmes et dont ils devront s'emparer avec conviction, s'ils veulent avoir une chance d'en disposer. Comme le savent tous les enfants, dès que vous commencez à vous définir selon vos propres termes, les gens se moquent de vous et vous méprisent ; c'est pourquoi la création de soi ne peut se faire qu'en ignorant ces deux mécanismes de conformité et de contrôle. Ce soir-là à Berlin, le renoncement de Piper ne m'apparaissait plus comme un pur geste artistique ou une expression d'excentricité, mais comme l'incarnation de l'injonction de Camus : son existence autodéterminée était *en elle-même* un acte extrême de rébellion contre le racisme – ce feu de forêt mondial déchaîné, dont l'oxygène est avant tout la croyance dans la fiction de la race.

Ce qui m'avait toujours fait hésiter, cependant, ce qui m'avait fait trancher pour une interprétation « noire » de moi-même – voire me complaire, contre toute logique, dans l'emprise masochiste de la règle de l'unique goutte de sang –, c'était l'impression très vague d'une dette envers une souffrance passée. Autrement dit, c'était une forme pure et simple de culpabilité. D'autres personnes, qui m'avaient précédé, qui avaient sans doute enduré une souffrance inexprimable et à qui je devais littéralement ma vie – du moins partiellement –, avaient reçu l'étiquette de « Noir » (ou ses anciennes formes péjoratives), et ils avaient trouvé le moyen d'en triompher malgré tout. Ils en avaient fait quelque chose de beau, aussi. L'histoire de leur vie m'inspirait et elle m'inspire encore.

J'avais donc juré allégeance à cette étiquette, non pas parce qu'elle me semblait juste ni même pertinente, mais simplement parce que je voulais honorer la souffrance aussi bien que le triomphe. Je ne voulais pas l'oublier.

Piper et moi parlions depuis des heures et ces inquiétudes ne disparurent qu'à peine quand je lui montrai la photo de Marlow, en fond d'écran sur mon téléphone. On l'y voit debout au bord d'une jetée en Suède, du haut de ses trois ans, le regard tourné vers les eaux ondoyantes de la mer Baltique. Sa peau a la couleur de l'ivoire, ses yeux sont du même bleu limpide que l'eau, et une mèche toujours rebelle de boucles dorées flotte au-dessus de son cou. Je suis souvent fasciné par l'idée que dans un passé pas si lointain, Marlow – tout comme mon père et moi, mais pas comme ma femme ou ma mère – aurait été asservie par des gens qui avaient *exactement* la même apparence qu'elle. Piper sourit devant la photo, et elle m'écouta tenter de lui expliquer ma crainte que Marlow ne *ressente* pas cette même culpabilité.

« Pourquoi voudriez-vous qu'elle le fasse ? me demanda-t-elle tout naturellement. Si la douleur et la culpabilité ne sont pas là, pourquoi les introduire ? » La question, formulée si simplement et si faussement difficile à contrer, me prit par surprise. Personne à qui j'avais parlé – et, surtout, personne de noir, ni de juif, d'ailleurs – n'avait un jour réfuté en tant que telle la prémisse d'une allégeance à la souffrance. Mais pourquoi pas ? Cela faisait écho à ce qu'a un jour déclaré Richard

Wright : chaque heure qu'un homme passe à se battre pour sa liberté, c'est une heure passée sans être libre.

Je restai assis là un moment, fixant mon assiette, et finis par dire à Piper que je pensais qu'elle avait raison, et que moi aussi, enhardi par son exemple, je renonçais pour ainsi dire à la race ; je quittais ce jeu cruel et biaisé. Quand nous nous sommes dit au revoir, que j'ai quitté le restaurant et marché jusqu'à mon hôtel, je me suis aperçu que rien n'avait changé – rien qui fût constitutif de ma personnalité ou de ma conception de moi-même. Mon amour pour la culture de ma famille était intact, de même que mes allégeances et mes valeurs. Ce sont le même amour, les mêmes allégeances et les mêmes valeurs que j'inculquerai plus tard à ma fille. Mais je ne lui transmettrai délibérément ni la culpabilité ni la souffrance d'une identité imposée par une force extérieure, dont le mythe a eu des conséquences néfastes pour la moitié de mes ancêtres dès la seconde où ils sont descendus du bateau venu d'Afrique – et qui a parallèlement défiguré l'autre, la moitié européenne, qui s'est laissé définir par opposition à lui.

Ainsi, bien que personne dans cette rue de Berlin-Mitte, anormalement chaude et animée pour la saison, ne pût discerner la moindre transformation, j'avais pleinement conscience que je n'étais plus le même que lorsque j'étais entré dans le restaurant ce soir-là. Le simple fait que Piper remette en question une prémisse dont j'ignorais qu'elle pût l'être avait libéré quelque chose en moi.

Le titre de ce chapitre, qui jusque-là n'avait qu'un sens abstrait à mes yeux – mais sans aucun doute le goût de l'interdit –, me faisait désormais l'impression d'une conclusion inéluctable. J'étais devenu un *ex-homme noir* ce soir-là, non pas parce que j'avais cessé d'aimer ce que j'ai appris à qualifier de « noir », ni parce que je voulais désormais que ma fille se conforme à ce que j'ai appris à qualifier de « blanc », mais simplement parce que ces catégories ne sauraient nous définir fidèlement – ni nous, ni qui que ce soit, d'ailleurs. Je n'avais plus aucune culpabilité à ce sujet car l'identité noire, tout comme l'identité blanche, n'est pas réelle.

# ÉPILOGUE

## *Les contours de l'horizon*

Il y a quelques années de cela, je faisais régulièrement une sorte de rêve éveillé. La scène se déroule dans le futur, dans une vingtaine d'années, et on y voit une jeune femme à la peau claire, aux cheveux blonds et aux yeux bleu clair. Elle est assise à la table d'un café, quelque part en Europe. Cette jeune femme, peut-être entourée de collègues, remarque en passant – avec le ton désinvolte que prenait l'un de mes camarades de classe de l'école catholique lorsqu'il affirmait avoir une trace de sang cherokee ou iroquois – que certains de ses ancêtres, aussi improbable que cela puisse paraître, étaient des Noirs américains. Elle le dit de façon neutre, sans la moindre passion. J'imagine la vague surprise des gens assis autour d'elle, peut-être un sourcil levé ou deux, ou peut-être même pas – et, si je veux me torturer, je discerne un sourire ironique ou un gloussement. Puis je vois avec horreur la conversation qui, loin de s'envenimer ou de prendre un tournant amer, passe tout simplement à autre chose, laissant la place à d'autres sujets, plus frivoles – le programme du week-end ou des questions sur le menu, peut-être. Et c'est fini. Comme ça, en un échange décontracté, je vois toute une histoire, une lutte, une culture, tout le monde vibrant et pluriel de mes ancêtres – et de moi-même – disparaître dans le vide. Je vois une Marlow potentielle que je ne pourrais plus reconnaître.

Encore aujourd'hui, des sentiments proches de la panique s'insinuent en moi. D'une part, il y a cette panique aiguë et extrêmement spécifique avec laquelle je me demande si nous avons en effet, mon frère et moi, altéré pour toujours la culture, l'état d'esprit, la physionomie ou, oui, la « race » de toute une lignée de personnes, comme un train de marchandises changeant lentement mais irrémédiablement de voie. D'autre part, il y a la panique plus subtile, plus feutrée mais obsédante, qui se manifeste par la simple conscience d'un avantage non mérité. Il est impossible de ne pas la ressentir. À une époque où, malgré les formidables progrès sociétaux, l'identité noire est encore sujette à toutes sortes de violations et de mépris – pas toujours, bien sûr, mais en particulier à l'intersection épineuse avec la pauvreté ou les marqueurs culturels de celle-ci, à une époque où les gens perçus comme noirs continuent d'être arrêtés, fouillés, poursuivis, harcelés, étranglés, criblés de balles en plein jour et laissés dans la rue à pourrir –, que signifie le fait d'avoir échappé à un destin ? Dit crûment, que vaut le fait de se rapprocher de l'identité blanche et que coûte la couleur ? Et inversement ?

Ce sont des questions auxquelles je suis encore en train d'apprendre à répondre. Avec la naissance récente de mon second enfant, Saul, un petit blond de six semaines aux yeux encore plus bleus que ceux de sa sœur, les questions ont évolué et englobent désormais des aspects plus subtils en rapport avec le genre. Je suppose que ce sera tout autre chose d'élever un garçon d'apparence blanche. Mais j'ai également appris à poser les questions différemment. J'ai commencé à reconnaître – pour moi-même surtout, mais de plus en plus lorsque les gens me le demandant – que ce dont je suis le plus proche, en réalité, ce n'est ni d'une identité blanche ou noire au sens abstrait, mais d'une vraie famille, de vrais amis, c'est-à-dire des gens en chair et en os, de différentes teintes et différents héritages, rien de plus, rien de moins. « Mais n'importe quel imbécile peut s'apercevoir que les Blancs ne sont pas vraiment blancs, et les Noirs, pas vraiment noirs. » Il vaut la peine de rappeler la phrase d'Albert Murray, sur laquelle j'ai commencé à insister, timidement d'abord mais avec une confiance grandissante à mesure que ma nouvelle réalité familiale s'est matérialisée, passant de la simple conjecture à la vraie vie. Je suis déterminé à vivre avec ce niveau-là de naïveté enfantine. C'est le seul antidote que je connaisse contre l'hypocrisie venimeuse du monde adulte, qui déploie des métaphores de couleur pour ranger les gens dans des castes qui se concrétisent ensuite dans le monde réel – des castes de couleur capables même de coopter insidieusement la résistance antiraciste, qui finit ainsi par renforcer ces termes illégitimes.

Ryszard Kapuściński a eu des mots forts sur la double peine du communiste dissident, qui pourraient s'appliquer aux dangers subtils qui guettent ceux qui combattent le racisme tout en continuant d'accepter – ne serait-ce que pour l'intérêt du débat – la prémisse contestable de la race. « Sur ce sujet, [le dissident] peut discourir avec énergie et passion pendant des heures, écrit Kapuściński, élaborer des plans, présenter des projets et des propositions, sans se douter que cela fait de lui une victime du communisme pour la seconde fois : la première, il était victime par la force, lorsqu'il s'est retrouvé prisonnier du système ; la seconde, il était victime volontaire, en se laissant emprisonner dans la toile de problèmes du communisme. Car telle est la nature perverse des plus grands maux : sans que nous l'approuvions, ni même que nous le sachions, ils parviennent à nous aveugler et à nous enfermer dans une camisole de force. » On pourrait tout à fait substituer le mot « race » au mot « communisme » dans cet extrait, et parvenir à une conclusion similaire sur la nature d'un système encore plus large, celui d'un « grand mal » qui nous prendrait tous au piège ; peut-être la démonstration en serait-elle plus claire encore. À vrai dire, vous aurez beau essayer par tous les moyens, vous ne pourrez pas vous défaire d'un carcan qui n'est pas réel. Cependant, prétendre que la camisole existe, quelle qu'en soit la raison, ne pourra qu'entraver sévèrement votre posture. Or je veux garder la tête haute, et préserver toute ma liberté de mouvements.

Ce que je sais aujourd'hui, c'est que j'avais autrefois

l'habitude non seulement de tolérer le tissu de problèmes sociaux que nous appelons la race, mais aussi de m'y soumettre, voire d'avoir *besoin* de lui, de ses schémas de pensée dangereux et préconçus qui servent à séparer les gens selon des dichotomies blanc/noir ou libre/opprimé – et ce même après avoir commencé à suspecter qu'ils étaient irrémédiablement biaisés. Baldwin a souligné qu'il est infiniment plus facile de s'enfoncer dans un bain tiède que de se lever et de s'en aller. Il n'a pas tort, mais dans l'intérêt de mes enfants, sinon dans le mien, je ne peux plus m'y prélasser. Désormais, si je trouve la libération dans mes moments de doute, elle vient accompagnée du seul mouvement que je finisse toujours par devoir faire, et le seul que je *sache* faire : m'éloigner de l'abstrait, du général, de l'hypothétique, et plonger dans le grain irrégulier de l'« ici et maintenant », dans l'humanisme spécifique de mon amour pour mon père, ma mère, mon frère, ma femme et mes enfants, ainsi que dans le pur bonheur que me procure leur existence en tant qu'individus distincts et irremplaçables, et non pas que « corps » – comme le veut le jargon contemporain –, qu'avatars, que réceptacles de caractéristiques et de traits raciaux, ou que réincarnations de conflits et de préjudices passés. À travers ces personnes que j'aime, je deviens moi aussi, à leur image, un homme et un être humain libre de ses choix, qui a pris certaines décisions, et que l'on ne saurait réduire à un ensemble de circonstances et d'erreurs de l'Histoire.

Quelques dizaines de jours après la naissance de Saul,

Valentine et moi avons passé plusieurs semaines dans une vieille maison que nous avons louée dans le Luberon, en Provence. Au cours de notre séjour, de nombreux amis et membres de la famille sont venus voir le bébé, nager, et passer de fraîches matinées ainsi que des nuits étoilées sur la terrasse qui surplombait une vallée de vignobles et des pins parasols. Des Noirs (dont une grande variété de mélanges différents), des Juifs, des non-Juifs, des Arabes, des Asiatiques, des francophones (certains avec des racines remontant aux anciennes colonies, d'autres avec un nom de famille à particule), ainsi que de bons vieux Américains : tous sont passés par là, tous y ont rompu le pain, tous y ont dégusté le même vin. Ce qui était exceptionnel, dans ce monde douloureusement tribal, c'est à quel point tout cela a semblé normal et naturel. J'ignore si je pourrai un jour atteindre – ou si je *voudrai* atteindre – un état où je ne remarque même pas les différences ethniques et sociales qui nous distinguent, mais, quoi qu'il en soit, j'ai déjà cessé de laisser ces différences dominer et déterminer nos interactions.

Là-bas, la plupart des matins, j'attachais Saul contre ma poitrine et je faisais les cent pas sur la terrasse pour le calmer, pendant que Valentine récupérait un peu du sommeil qu'elle avait perdu en l'allaitant pendant la nuit. Un jour, je relisais Camus tandis que le bruit de mes pas berçait doucement mon fils. Le massif du Luberon, la barre montagneuse qui s'étalait devant moi, aurait été familière au grand écrivain. Après une enfance pauvre en Algérie et une ascension fulgurante à Paris, quelques années avant de périr dans un terrible accident, Camus utilisa les gains de son prix Nobel pour acquérir une maison dans le village médiéval voisin de Lourmarin, où une dalle toute simple lui sert de sépulture dans le cimetière le plus ensoleillé que j'aie jamais vu. Les années et les éléments ont quasiment effacé son nom, mais à chaque fois que nous sommes dans la région, nous parvenons à retrouver cette pierre et nous incliner devant elle. Nous nous étions rendus la veille sur sa tombe, et tandis que je faisais des allées et venues avec Saul dans les bras, je protégeais de ma paume sa peau presque translucide contre le soleil de plomb, tout en faisant défiler une phrase de Camus sur le téléphone que je tenais dans ma main libre. « La misère m'empêcha de croire que tout est bien sous le soleil et dans l'Histoire ; le soleil m'apprit que l'Histoire n'est pas tout. »

Les voix les plus bruyantes et les plus insistantes qui dominent aujourd'hui les débats autour de la race ne sont absolument pas en phase avec cette sage et souple position. Toutes semblent avoir scrupuleusement adhéré à une observation de William Faulkner qui n'est pas entièrement fausse (même si Faulkner lui-même poserait certainement problème aujourd'hui), selon laquelle « le passé n'est jamais mort, il n'est même jamais passé ». L'Histoire est omniprésente, nous rappellent ces voix en se jetant sur les atrocités passées – dont j'ai essayé d'explorer une grande partie dans ces pages – avec une jubilation presque masochiste : les États-Unis ont été fondés sur le triple péché de l'esclavage, du vol de terres et du génocide. La majorité des pays du monde ont été soumis au joug du colonialisme européen. Partout les pauvres sont sacrifiés sur l'autel de la cupidité capitaliste. Le fléau de la suprématie blanche – qui se propage aujourd'hui à travers les États-Unis et l'Europe –, conformément à la mise en garde de Camus, ne disparaît jamais totalement : il ne fait que sommeiller pendant un certain temps. Tout cela est *vrai* – du moins partiellement, puisque la réalité, têtue comme elle est, est toujours plus compliquée –, et pourtant l'idée qui veut que notre vie ne tienne qu'à une innombrable série de faits et de décisions arrêtés d'avance passe à côté d'une autre vérité, tout aussi importante, que Camus avait bien comprise et que je percevais ce matin-là – je l'éprouvais même sur ma peau. L'Histoire a beaucoup de nobles usages. Je comprends, par exemple, quel contexte a pu faire que mon père ait hérité moins d'argent de ses proches que ma mère des siens. Je saisis ainsi les implications politiques et les processus historiques qui sont à l'œuvre, et cette connaissance me donne une dose de recul, d'empathie et d'humilité lorsque je songe à tout ce qu'il a traversé afin, justement, de rectifier pour ses enfants certaines de ces formidables fautes collectives. Mais l'intérêt de l'Histoire, s'il est indéniable, diminue fortement lorsqu'il éclipse la lumière du jour présent, étouffant la beauté et les opportunité véritables que peut offrir l'« ici et maintenant » lorsqu'il ne dépend que de lui-même. Nous avons la responsabilité de ne pas oublier, certes, mais nous avons aussi le droit, et je crois même le devoir, de toujours nous réinventer.

Il existe une expérience de pensée philosophique millénaire appelée le paradoxe de Thésée, ou le bateau de Thésée, héros fondateur et roi mythique d'Athènes, dont le navire à trente rames mouillait dans le port. Selon la légende, le bateau fut maintenu en état de marche grâce au remplacement continu des vieilles planches de bois par des nouvelles, pièce par pièce, jusqu'à ce que la question finisse inévitablement par émerger : une fois toutes les planches d'origine remplacées par d'autres, s'agit-il toujours du *même* bateau ? J'ai découvert ce paradoxe à l'université mais il ne commença à me hanter qu'autour du moment où m'apparut ce rêve éveillé, avec cette fille du futur assise à une table de café, discutant de l'ironie de la génétique avec ses nouveaux amis inconnus. *S'agit-il oui ou non du même bateau ?* Je posai un jour la question à un vieil ami d'enfance. Nous étions assis dans le jardin de mes parents dans le New Jersey. Marlow jouait non loin de là sur le gazon. Mon ami, qui est « noir » (il l'est certes globalement, j'imagine, mais il est aussi significativement « métis »), y réfléchit longuement et répondit que, pour le meilleur ou pour le pire, il voyait un bateau différent. Cependant la question est un piège. La réponse dépend de ce que vous voyez lorsque vous regardez le bateau : pensez-vous que sa couleur lui soit inhérente (voire essentielle), ou êtes-vous prêt à envisager que la couleur que vous imaginez voir devant vous, quelle qu'elle soit, est elle-même le résultat de l'acte de perception ?

Pas un jour ne passe sans que j'essaye d'imaginer la personne en laquelle ma fille – et désormais mon fils après elle – sera façonnée, les endroits où elle se sentira chez elle, et la manière dont elle apprendra à percevoir les choses. Et j'aimerais dire à la future Marlow la chose suivante : la tendance à aplanir les différences, l'inclinaison à nous effacer et à nous définir en fonction des *autres*, est une chose que nous ne pourrons jamais cautionner. Nous devons toujours être du côté de ceux qui célèbrent et cultivent la variété, qui acceptent la différence sans l'idolâtrer. Nous devons défier nos propres préjugés à chaque instant. Je lui rappellerai une autre expérience ancestrale : prenez un poulet, maintenez-le au sol et tracez une ligne avec un bâton ; quand vous le relâcherez, il restera là, hypnotisé et incapable de bouger, bien qu'il soit entièrement libre de prendre son envol. Ce que j'expliquerai à la future Marlow, c'est que nous ne sommes pas des poulets, et que le passé, dessiné tout autour de nous avec des marques qui s'estompent peu à peu, ne peut nous immobiliser que si nous le laissons faire. Je voudrais qu'elle sache qu'au fur et à mesure de sa vie, il y aura de plus en plus de gens comme elle, des gens qui sont plus que ce qu'ils paraissent. À quoi pourraient ressembler nos vies si toutes ces personnes-là – et celles parmi nous qui sont prêtes à les rejoindre – décidaient de se lever et de s'en aller ?

# REMERCIEMENTS

À la naissance de ma fille Marlow, en octobre 2014, cela faisait déjà trois ans que je travaillais à l'écriture d'un roman (peut-être partait-il sur de mauvaises bases, ou peut-être que l'idée était bonne mais qu'il me manquait les outils pour le réaliser). Il semblait tout à fait possible qu'il me faille encore trois ans pour arriver à mes fins. Mais son arrivée bouleversa immédiatement mes projets. Je me surpris bientôt à entamer un essai sur les questions que son apparence suscitait en moi. Je mis de côté mon roman et publiai finalement « Black and Blue and Blond » dans la *Virginia Quarterly Review* à l'hiver 2015. Il m'a fallu quatre années supplémentaires pour approfondir cet essai jusqu'à obtenir le présent ouvrage, et il est certain que je devais d'abord grandir et me développer en tant que mari, fils, frère et père, sans parler d'écrivain, pour pouvoir y arriver. Ce livre aurait donc été impossible sans Marlow et son petit frère, Saul.

En plus de mes enfants, je veux remercier ma femme, Valentine, pour sa patience et sa curiosité presque sans limites, ainsi que son soutien indéfectible et, parfois, son scepticisme salutaire dans nos échanges autour de l'ouvrage. Je voudrais aussi la remercier simplement de m'avoir laissé dépeindre notre famille et la sienne avec franchise, dans le contexte d'un sujet très délicat. C'est une chose particulièrement difficile à faire ; or Valentine n'a jamais essayé de censurer le moindre mot.

Aussi loin que j'aille, « je reviens toujours chez moi, dans la maison de mon père », comme l'a écrit Novalis. Il y a certaines impressions, certains dilemmes et certaines vérités fondatrices dont je réalise maintenant que je ne m'éloignerai jamais. Je voudrais remercier mon père et ma mère de m'avoir donné l'un des grands sujets d'étude de ma vie, ainsi que ma confiance, mon éducation et mon modèle de transcendance raciale, aussi bien en théorie qu'en pratique. Dédicace à mon frère Clarence, aussi, qui fait tout ce chemin avec moi.

Sans le soutien, les encouragements et les corrections extrêmement utiles de Ralph Eubanks chez VQR, je doute que l'essai original aurait pu voir le jour. Merci aussi à Jonathan Franzen d'avoir pris le temps de lire « Black and Blue and Blond » et de l'avoir inclus dans la liste des meilleurs essais américains de 2016. Cette sélection a été un immense stimulant lorsque je travaillais sur le manuscrit et me demandais comment m'y prendre.

Certains manuscrits sont plus difficiles à écrire que d'autres, et celui-ci ne fut pas aisé. Je ne pourrais pas imaginer d'agent plus compétent, plus gentil et plus conscienciеux qu'Adam Eaglin de Cheney Literary. C'est non seulement un agent, mais également un éditeur de talent, et nous avons travaillé ensemble à des dizaines d'ébauches, toutes laborieuses, mais dont chacune a rendu le livre bien meilleur.

Je voudrais remercier John Glusman, chez Norton, non seulement d'avoir cru à ce projet depuis le premier jour, mais aussi de s'être battu pour lui dans un calendrier éditorial où certaines de mes idées allaient à l'encontre du consensus. Ce sont sa patience, son tact, et ses encouragements bienveillants lorsque les vicissitudes de la vie ne cessaient de repousser les délais – sans parler de ses judicieuses corrections –, qui ont permis à ce livre de voir le jour.

Je dois énormément à George Packer et Yascha Mounk, deux lecteurs à la générosité et à la perspicacité extraordinaires, dont les commentaires de dernière minute m'ont permis de débloquer certains problèmes que je n'avais pas clairement identifiés par moi-même.

Je souhaite remercier toute l'équipe et la communauté de la MacDowell Colony, l'American Academy in Berlin, et New America. Le soutien de ces institutions a été fondamental, et les hommes et femmes qui y travaillent dépassent de si loin leurs obligations professionnelles qu'ils en sont devenus des amis.

Le travail journalistique que j'ai pu réaliser en parallèle de la rédaction de cet ouvrage s'est avéré très formateur, et un certain nombre des idées que j'ai testées sous des formats plus courts ont trouvé leur place ici. Éditeurs, relecteurs et correcteurs apportent des contributions majeures et désintéressées à des œuvres dont d'autres s'attribuent finalement le mérite. Je veux donc remercier en particulier les formidables rédactions du *New York Times Magazine*, de la page éditoriale du *New York Times*, de l'*American Scholar* et de la *London Review of Books*.

Je tiens aussi à saluer les amis et confrères, anciens et nouveaux, dont la présence et le soutien intellectuel et émotionnel ces dernières années ont contribué, de façon plus ou moins grande, à la réalisation de cet ouvrage. Joshua Yaffa, Kati Marton, Glenn Loury, Jake Lamar, Lauren Collins, Daniel Bergner et tant d'autres qui ne travaillent pas dans le secteur de l'édition mais qui m'ont apporté beaucoup.

Dernier remerciement, et pas des moindres : Tom Mayer, merci de nous avoir emmenés, Josh et moi, boire quelques whiskies ce soir-là, pour que John puisse voir mon nom sur la note de frais et qu'il te demande si je travaillais alors sur quelque chose. Je ne sais pas combien de tournées je te dois pour te retourner la faveur !

# TABLE DES MATIÈRES

Cet ouvrage a été achevé d'imprimer
par Grafica Veneta S.p.A. à Trebaseleghe
pour le compte des éditions Grasset
en décembre 2020.

*Mise en pages*
*PCA 44400 Rezé*

PAPIER À BASE DE FIBRES CERTIFIÉES

*Grasset* s'engage pour l'environnement en réduisant l'empreinte carbone de ses livres. Celle de cet exemplaire est de :
650 g éq. $CO_2$
Rendez-vous sur www.grasset-durable.fr

N° d'édition : 21820
Dépôt légal : février 2021
*Imprimé en Italie*